莎士比亚全集·中文本（典藏版）
William Shakespeare: Complete Works

［英］威廉·莎士比亚（William Shakespeare）著

辜正坤 主编／罗选民 译

安东尼与克莉奥佩特拉

The Tragedy of

Antony and Cleopatra

外语教学与研究出版社
北京

京权图字：01-2016-5014

图书在版编目（CIP）数据

安东尼与克莉奥佩特拉／（英）威廉·莎士比亚（William Shakespeare）著；罗选民译. -- 北京：外语教学与研究出版社，2024.6. --（莎士比亚全集／辜正坤主编）.
ISBN 978-7-5213-5339-6

I. I561.33
中国国家版本馆 CIP 数据核字第 2024NJ6706 号

安东尼与克莉奥佩特拉
ANDONGNI YU KELI'AOPEITELA

出 版 人	王 芳
项目负责	邢印姝 郭芮萱
责任编辑	宋锦霞
责任校对	李亚琦
封面设计	张 潇
出版发行	外语教学与研究出版社
社 址	北京市西三环北路 19 号（100089）
网 址	https://www.fltrp.com
印 刷	三河市紫恒印装有限公司
开 本	710×1000 1/16
印 张	13.5
字 数	216 千字
版 次	2024 年 6 月第 1 版
印 次	2024 年 6 月第 1 次印刷
书 号	ISBN 978-7-5213-5339-6
定 价	78.00 元

如有图书采购需求，图书内容或印刷装订等问题，侵权、盗版书籍等线索，请拨打以下电话或关注官方服务号：
客服电话：400 898 7008
官方服务号：微信搜索并关注公众号"外研社官方服务号"
外研社购书网址：https://fltrp.tmall.com

物料号：353390001

记载人类文明
沟通世界文化
www.fltrp.com

出版说明

1623 年，莎士比亚的演员同僚们倾注心血结集出版了历史上第一部《莎士比亚全集》——著名的第一对开本，这是三百多年来许多导演和演员最为钟爱的莎士比亚文本。2007 年，由英国皇家莎士比亚剧团（Royal Shakespeare Company）推出的《莎士比亚全集》，则是对第一对开本首次全面的修订。

本套《莎士比亚全集》新汉译本，正是依据当今莎学界最负声望的皇家版《莎士比亚全集》翻译而成。译本的凡例说明如下：

一、**文体**：剧文有诗体和散体之分。未及最右行末即转行的为诗体。文字连排、直至最右行末转行的，则为散体。

二、**舞台提示**：

1）角色的上场与下场及其他舞台提示以仿宋体排出，穿插于剧文中的舞台提示以圆括号进行标注，如：（对亨利王子）。

2）舞台提示中的特殊符号。译本所依据的皇家版《莎士比亚全集》的编辑者对舞台提示中的不确定情形以特殊符号予以标注，译本亦保留了这些符号：如（旁白？）表示某行剧文既可作为旁白，亦可当作对话；又如某个舞台活动置于箭头 ↓↓ 之间，表示它可发生在一场戏中的多个不同时刻。

三、**脚注**：脚注中除标注有"译者附注"字样的，均译自或改编自皇家版《莎士比亚全集》注释。脚注多为对剧文中背景知识及专名的解释，以使读者更好地理解剧情；亦包含部分与英文原文相关的脚注，以使读者在品味译者的佳文时，亦体验到英文原文的精妙。

四、文本：译本以第一对开本为蓝本，部分剧目中四开本与之明显相异的段落亦有译出，附于正文之后，供读者参考。

此《莎士比亚全集》新汉译本历经策划、翻译、编辑加工和印装等工序，各个环节的参与者均竭尽全力，力求完美，但由于水平、精力所限，难免有所错漏，敬请广大读者赐教指正。

外语教学与研究出版社

综合出版事业部

莎士比亚诗体重译集序

辜正坤

他非一代骚人，实属万古千秋。

这是英国大作家本·琼森（Ben Jonson）在第一部《莎士比亚全集》（*Mr. William Shakespeares Comedies, Histories, & Tragedies*, 1623）扉页上题诗中的诗行。三百多年来，莎士比亚在全球逐步成为一个家喻户晓的名字，似乎与这句预言在在呼应。但这并非偶然言中，有许多因素可以解释莎士比亚这一巨大的文化现象产生的必然性。最关键的，至少有下面几点。

首先，其作品内容具有惊人的多样性。世界上很难有第二个作家像莎士比亚这样能够驾驭如此广阔的题材。他的作品内容几乎无所不包，称得上英国社会的百科全书。帝王将相、走卒凡夫、才子佳人、恶棍屠夫……一切社会阶层都展现于他的笔底。从海上到陆地，从宫廷到民间，从国际到国内，从灵界到凡尘……笔锋所指，无处不至。悲剧、喜剧、历史剧、传奇剧，叙事诗、抒情诗……都成为他显示天才的文学样式。从哲理的韵味到浪漫的爱情，从盘根错节的叙述到一唱三叹的诗思，波涛汹涌的情怀，妙夺天工的笔触，凡开卷展读者，无不为之拊掌称绝。即使只从莎士比亚使用过的海量英语词汇来看，也令人产生仰之弥高的感觉。德国语言学家马克斯·缪勒（Max Müller）原以为莎士比亚使用过的词汇最多为15,000个，事后证明这当然是小看了语言大师的词汇储藏量。美国教授爱德华·霍尔登（Edward Holden）经过一番考察后，认为至少达 24,000 个。可是他哪里知道，这依然是一种低估。有学者甚至声称用电脑检索出莎士比亚用的词汇多达 43,566 个！当然，这些数据还不是莎士比亚作品之所以产生空前影响的关键因素。

其次，但也许是更重要的原因：他的作品具有极高的娱乐性。文学作品的生命力在于它能寓教于乐。莎士比亚的作品不是枯燥的说教，而是能够给予读者或观众极大艺术享受的娱乐性创造物，往往具有明显的煽情效果，有意刺激人的欲望。这种艺术取向当然不是纯粹为了娱乐而娱乐，掩藏在背后的是当时西方人强有力的人本主义精神，即用以人为本的价值观来对抗欧洲上千年来以神为本的宗教价值观。重欲望、重娱乐的人本主义倾向明显对重神灵、重禁欲的神本主义产生了极大的挑战。当然，莎士比亚的人本主义与中国古人所主张的人本主义有很大的区别。要而言之，前者在相当大的程度上肯定了人的本能欲望或原始欲望的正当性，而后者则主要强调以人的仁爱为本规范人类社会秩序的高尚的道德要求。二者都具有娱乐效果，但前者具有纵欲性或开放性娱乐效果，后者则具有节欲性或适度自律性娱乐效果。换句话说，对于 16、17 世纪的西方人来说，莎士比亚的作品暗中契合了试图挣脱过分禁欲的宗教教义的约束而走向个性解放的千百万西方人的娱乐追求，因此，它会取得巨大成功是势所必然的。

第三，时势造英雄。人类其实从来不缺善于煽情的作手或视野宏阔的巨匠，缺的常常是时势和机遇。莎士比亚的时代恰恰是英国文艺复兴思潮达到鼎盛的时代。禁欲千年之久的欧洲社会如堤坝围裹的宏湖，表面上浪静风平，其底层却汹涌着决堤的纵欲性暗流。一旦湖堤洞开，飞涛大浪呼卷而下，浩浩汤汤，汇作长河，而莎士比亚恰好是河面上乘势而起的弄潮儿，其迎合西方人情趣的精湛表演，遂赢得两岸雷鸣般的喝彩声。时势不光涵盖社会发展的总趋势，也牵连着别的因素。比如说，文学或文化理论界、政治意识形态对莎士比亚作品理解、阐释的多样性与莎士比亚作品本身内容的多样性产生相辅相成的效果。"说不尽的莎士比亚"成了西方学术界的口头禅。西方的每一种意识形态理论，尤其是文学理论，要想获得有效性，都势必会将阐释莎士比亚的作品作为试金石。17世纪初的人文主义，18世纪的启蒙主义，19世纪的浪漫主义，20世纪的现实主义或批判现实主义，都不同程度地、选择性地把莎士比亚作品作为阐释其理论特点的例证。也许17世纪的古典主义曾经阻遏过西方人对莎士比亚作品的过度热情，但是19世纪的浪漫主义流派却把莎士比亚作品推崇到无以复加的崇高地位，莎士比亚俨然成了西方文学的神灵。20世纪以来，西方资本主义阵营和社会主义阵营可以说在意识形态的各个方面都互相对立，势同水火，可是在对待莎士比亚的问题上，居然有着惊人的共识与默契。不用说，社会主义阵营的立场与社会主义理论的创始人马克思（Karl Marx）、恩格斯（Friedrich Engels）个人的审美情趣息息相关。马克思一家都是莎士比亚的粉丝；马克思称莎士比亚为"人类最伟大的天才之一，人类文学奥林波斯山上的宙斯"！他号召作家们要更加莎士比亚化。恩格斯甚至指出："单是《快乐的温莎巧妇》[1]的第一幕就比全部德国文学包含着更多的生活气息。"不用说，这些话多多少少有某种程度的文学性夸张，但对莎士比亚的崇高地位来说，却无疑产生了极大的推动作用。

第四，1623年版《莎士比亚全集》奠定莎士比亚崇拜传统。这个版本即眼前译本所依据的皇家版《莎士比亚全集》（*The RSC William Shakespeare: Complete Works*, 2007）的主要内容。该版本产生于莎士比亚去世的第七年。莎士比亚的舞台同仁赫明奇（John Heminge）和康德尔（Henry Condell）整理出版了第一部莎士比亚戏剧集。当时的大学者、大

1　英文剧名为 The Merry Wives of Windsor，朱生豪先生译作《温莎的风流娘儿们》；重译本综合考虑剧情和英文书名，译作《快乐的温莎巧妇》。

作家本·琼森为之题诗，诗中写道："他非一代骚人，实属万古千秋。"这个调子奠定了莎士比亚偶像崇拜的传统。而这个传统一旦形成，后人就难以反抗。英国文学中的莎士比亚偶像崇拜传统已经形成了一种自我完善、自我调整、自我更新的机制。至少近两百年来，莎士比亚的文学成就已被宣传成世界文学的顶峰。

第五，现在署名"莎士比亚"的作品很可能不只是莎士比亚一个人的成果，而是凝聚了当时英国若干戏剧创作精英的团体努力。众多大作家的智慧浓缩在以"莎士比亚"为代号的作品集中，其成就的伟大性自然就获得了解释。当然，这最后一点只是莎士比亚研究界若干学者的研究性推测，远非定论。有的莎士比亚著作爱好者害怕一旦证明莎士比亚不是署名为"莎士比亚"的著作的作者，莎士比亚的著作便失去了价值，这完全是杞人忧天。道理很简单，人们即使证明了《红楼梦》的作者不是曹雪芹，或《三国演义》的作者不是罗贯中，也丝毫不影响这些作品的伟大价值。同理，人们即使证明了《莎士比亚全集》不是莎士比亚一个人创作的，也丝毫不会影响《莎士比亚全集》是世界文学中的伟大作品这个事实，反倒会更有力地证明这个事实，因为集体的智慧远胜于个人。

皇家版《莎士比亚全集》译本翻译总思路

横亘于前的这套新译本，是依据当今莎学界最负声望的皇家版《莎士比亚全集》进行翻译的，而皇家版又正是以本·琼森题过诗的1623年版《莎士比亚全集》为主要依据。

这套译本是在考察了中国现有的各种译本后，根据新的历史条件和新的翻译目的打造出来的。其总的翻译思路是本套译本主编会同外语教学与研究出版社的相关领导和责任编辑讨论的结果。总起来说，皇家版《莎士比亚全集》译本在翻译思路上主要遵循了以下几条：

1. 版本依据。如上所述，本版汉译本译文以英国皇家版《莎士比亚全集》为基本依据。但在翻译过程中，译者亦酌情参阅了其他版本，以增进对原作的理解。

2. 翻译内容包括：内页所含全部文字。例如作品介绍与评论、正文、注释等。

3. 注释处理问题。对于注释的处理：1）翻译时，如果正文译文已经将英文版某注释的基本含义较准确地表达出来了，则该注释即可取消；2）如果正文译文只是部分地将英文版对应注释的基本含义表达出来，则该注释可以视情况部分或全部保留；3）如果注释本身存疑，可以在保留原注的情况下，加入译者的新注。但是所加内容务必有理有据。

4. 翻译风格问题。对于风格的处理：1）在整体风格上，译文应该尽量逼肖原作整体风格，包括以诗体译诗体，以散体译散体；2）在具体的文字传输处理上，通常应该注重汉译本身的文字魅力，增强汉译本的可读性。不宜太白话，不宜太文言；文白用语，宜尽量自然得体。句子不要太绕，注意汉语自身表达的句法结构，尤其是其逻辑表达方式。意义的异化性不等于文字形式本身的异化性，因此要注意用汉语的归化性来传输、保留原作含义的异化性。朱生豪先生的译本语言流畅、可读性强，但可惜不是诗体，有违原作形式。当下译本是要在承传朱先生译本优点的基础上，根据新时代的读者审美趣味，取得新的进展。梁实秋先生等的译本，在达意的准确性上，比朱译有所进步，也是我们应该吸纳的优点。但是梁译文采不足，则须注意避其短。方平先生等的译本，也把莎士比亚翻译往前推进了一步，在进行大规模诗体翻译方面作出了宝贵的尝试，但是离真正的诗体尚有距离。此外，前此的所有译本对于莎士比亚原作的色情类用语都有程度不同的忽略，本套皇家版译本则尽力在此方面还原莎士比亚的本真状态（论述见后文）。其他还有一些译本，亦都应该受到我们的关注，处理原则类推。每种译本都有自己独特的东西。我们希望美的译文是这套译本的突出特点。

5. 借鉴他种汉译本问题。凡是我们曾经参考过的较好的译本，都在适当的地方加以注明，承认前辈译者的功绩。借鉴利用是完全必要的，但是要正大光明，避免暗中抄袭。

6. 具体翻译策略问题特别关键，下文将其单列进行陈述。

莎士比亚作品翻译领域大转折：真正的诗体译本

莎士比亚首先是一个诗人。莎士比亚的作品基本上都以诗体写成。因此，要想尽可能还原本真的莎士比亚，就必须将莎士比亚作品翻译成为诗体而不是散文，这在莎学界已经成为共识。但是紧接而来的问题是：什么叫诗体？或需要什么样的诗体？

按照我们的想法：1）所谓诗体，首先是措辞上的诗味必须尽可能浓郁；2）节奏上的诗味（包括分行）等要予以高度重视；3）结合中国人的审美习惯，剧文可以押韵，也可以不押韵。但不押韵的剧文首先要满足前两个要求。

本全集翻译原计划由笔者一个人来完成。但是，莎士比亚的创作具有惊人的多样性，其作品来源也明显具有莎士比亚时代若干其他作家与作品的痕迹，因此，完全由某一个译者翻译成一种风格，也许难免偏颇，难以和莎士比亚风格的多样性相呼应。所以，集众人的力量来完成大业，应该更加合理，更加具有可操作性。

具体说来，新时代提出了什么要求？简而言之，就是用真正的诗体翻译莎士比亚的诗体剧文。这个任务，是朱生豪先生无法完成的。朱先生说过，他在翻译莎士比亚作品时，"当然预备全部用散文译出，否则将要了我的命"。[1] 显然，朱先生也考虑过用诗体来翻译莎士比亚著作的问题，但是他的结论是：第一，靠单独一个人用诗体翻译《莎士比亚全集》是办不到的，会因此累死；第二，他用散文翻译也是不得已的办法，因为只有这样他才有可能在有生之年完成《莎士比亚全集》的翻译工作。

将《莎士比亚全集》翻译成诗体比翻译成散文体要难得多。难到什么程度呢？和朱生豪先生的翻译进度比较一下就知道了。朱先生翻译得最快的时候，一天可以翻译一万字。[2] 为什么会这么快？朱先生才华过人，这当然是一个因素，但关键因素是：他是用散文翻译的。用真正的诗体就不一样了。以笔者自己的体验，今日照样用散文翻译莎士比亚剧本，最快时也可达到每日一万字。这是因为今日的译者有比以前更完备的注释本和众多的前辈汉译本作参考，至少在理解原著时，要比朱先生当年省力得多，所以翻译速度上最高达到一万字是不难的。但是翻译成诗体就是另外一回事了。这比自己写诗还要难得多。写诗是自己随意发挥，译诗则必须按照别人的意思发挥，等于是戴着镣铐跳舞。笔者自己写诗，诗兴浓时，一天数百行都可以写得出来，但是翻译诗，一天只能是几十行，统计成字数，往往还不到一千字，最多只是朱生豪先生散文翻译速度的十分之一。梁实秋先生翻译《莎士比亚全集》用的也是散文，但是也花了37年，如果要翻译成真正的诗体，那么至少得370年！由此可见，真正的诗体《莎士比亚全集》汉译本的诞生，有多么艰难。此次笔者约稿的各位译者，都是用诗体翻译，并且都表示花费了大量的时间，

---

1 见朱生豪大约在 1936 年夏致宋清如信："今天下午，我试译了两页莎士比亚，还算顺利，不过恐怕终于不过是 Poor Stuff 而已。当然预备全部用散文译出，否则将要了我的命。"（《伉俪：朱生豪宋清如诗文选》下卷，中国青年出版社，2013 年，第 94 页）

2 朱生豪："今天因为提起了精神，却很兴奋，晚上译了六千字，今天一共译一万字。"（同上，第 101 页）

皇家版《莎士比亚全集》译本凝聚了诸位译者的多少努力，也就不言而喻了。

翻译诗体分辨：不是分了行就是真正的诗

主张将莎士比亚剧作翻译成诗体成了共识，但是什么才是诗体，却缺乏共识。在白话诗盛行的时代，许多人只是简单地认定分了行的文字就是诗这个概念。分行只是一个初级的现代诗要求，甚至不必是必然要求，因为有些称为诗的文字甚至连分行形式都没有。不过，在莎士比亚作品的翻译上，要让译文具有诗体的特征，首先是必定要分行的，因为莎士比亚原作本身就有严格的分行形式。这个不用多说。但是译文按莎士比亚的方式分了行，只是达到了一个初级的低标准。莎士比亚的剧文读起来像不像诗，还大有讲究。

卞之琳先生对此是颇有体会的。他的译本是分行式诗体，但是他自己也并不认为他译出的莎士比亚剧本就是真正的诗体译本。他说：读者阅读他的译本时，"如果……不感到是诗体，不妨就当散文读，就用散文标准来衡量"。[1] 这是一个诚实的译者说出的诚实话。不过，卞先生很谦虚，他有许多剧文其实读起来还是称得上诗体的。原因是什么？原因是他注意到了笔者上文提到的两点：第一，诗的措辞；第二，诗的节奏。只不过他迫于某些客观原因，并没有自始至终侧重这方面的追求而已。

显然，一些译本翻译了莎士比亚的剧文，在行数上靠近莎士比亚原作，措辞也还流畅。这些是不是就是理想的诗体莎士比亚译本呢？笔者认为，这还不够。什么是诗，对于中国人来说有几千年的历史，我们不

---

1 卞之琳:《莎士比亚悲剧四种》，方志出版社，2007 年，第 4 页。

能脱离这个悠久的传统来讨论这个问题。为此，我们不得不重新提到一些基本概念：什么是诗？什么是诗歌翻译？

诗歌是语言艺术，诗歌翻译也就必须是语言艺术

讨论诗歌翻译必须从讨论诗歌开始。

诗主情。诗言志。诚然。但诗歌首先应该是一种精妙的语言艺术。同理，诗歌的翻译也就不得不首先表现为同类精妙的语言艺术。若译者的语言平庸而无光彩，与原作的语言艺术程度差距太远，那就最多只是原诗含义的注释性文字，算不得真正的诗歌翻译。

那么，何谓诗歌的语言艺术？

无他，修辞造句、音韵格律一整套规矩而已。无规矩不成方圆，无限制难成大师。奥运会上所有的技能比赛，无不按照特定的规矩来显示参赛者高妙的技能。德国诗人歌德（Johann Wolfgang von Goethe）《自然和艺术》（"Natur und Kunst"）一诗最末两行亦彰扬此理：

非限制难见作手，

唯规矩予人自由。[1]

艺术家的"自由"，得心应手之谓也。诗歌既为语言艺术，自然就有一整套相应的语言艺术规则。诗人应用这套规则时，一旦达到得心应手的程度，那就是达到了真正成熟的境界。当然，规矩并非一点都不可打破，但只有能够将规矩使用到随心所欲而不逾矩的程度的人，才真正有资格去创立新规矩，丰富旧规矩。创新是在承传旧规则长处的基础上来进行的，而不是完全推翻旧规则，肆意妄为。事实证明，在语言艺术上

---

1 In der Beschränkung zeigt sich erst der Meister, / Und das Gesetz nur kann uns Freiheit geben. 参见 http://www.business-it.nl/files/7d413a5dca62fc735a072b16fbf050b1-27.php.

凡无视积淀千年的诗歌语言规则，随心所欲地巧立名目、乱行胡来者，
永不可能在诗歌语言艺术上取得大的成就，所以歌德认为：

> 若徒有放任习性，
> 则永难至境遨游。[1]

诗歌语言艺术如此需要规则，如此不可放任不羁，诗歌的翻译自然
也同样需要有相类似的要求。这个要求就是笔者前面提出的主张：若原诗
是精妙的语言艺术，则理论上说来，译诗也应是同类精妙的语言艺术。

但是，"同类"绝非"同样"。因为，由于原作和译作使用的语言载
体不一样，其各自产生的语言艺术规则和效果也就各有各的特点，大多
不可同样复制、照搬。所以译作的最高目标，是尽可能在译入语的语言
艺术领域达到程度大致相近的语言艺术效果。这种大致相近的艺术效果
程度可叫作"最佳近似度"。它实际上也就是一种翻译标准，只不过针
对不同的文类，最佳近似度究竟在哪些因素方面可最佳程度地（并不一
定是最大程度地）取得近似效果，不是一成不变的，而是具有高度的灵
活性。不同的文类，甚至针对不同的受众，我们都可以设定不同的最佳
近似度。这点在拙著《中西诗比较鉴赏与翻译理论》（清华大学出版社，
2010 年）的相关章节中有详细的厘定，此不赘。

话与诗的关系：话不是诗

古人的口语本来就是白话，与现在的人说的口语是白话一个道理。

---

1 Vergebens werden ungebundene Geister / Nach der Vollendung reiner Höhe streben.
参 见 http://www.cosmiq.de/qa/show/3454062/Vergebens-werden-ungebundne-Geister-
Nach-der-Vollendung-reiner-Hoehe-streben-Was-ist-die-Bedeutung-dieser-2-Verse-Ich-komm-
nicht-drauf/t.

正因为白话太俗，不够文雅，古人慢慢将白话进行改进，使它更加规范、更加准确，并且用语更加丰富多彩，于是文言产生。在文言的基础上，还有更文的文字现象，那就是诗歌，于是诗歌产生。所以就诗歌而言，文言味实际上就是一种特殊的诗味。文言有浅近的文言，也有佶屈聱牙的文言。中国传统诗歌绝大多数是浅近的文言，但绝非口语、白话。诗中有话的因素，自不待言，但话的因素往往正是诗试图抑制的成分。

文言和诗歌的产生是低俗的口语进化到高雅、准确层次的标志。文言和诗歌的进一步发展使得语言的艺术性愈益增强。最终，文言和诗歌完成了艺术性语言的结晶化定型。这标志着古代文学和文学语言的伟大进步。《诗经》、楚辞、唐诗、宋词、元明戏曲，以及从先秦、汉、唐、宋、元至明清的散文等，都是中国语言艺术逐步登峰造极的明证。

人们往往忘记：话不是诗，诗是话的升华。话据说至少有几十万年的历史，而诗却只有几千年的历史。白话通过漫长的岁月才升华成了诗。因此，从理论上说，白话诗不是最好的诗，而只是低层次的、初级的诗。当一行文字写得不像是话时，它也许更像诗。"太阳落下山去了"是话，硬说它是诗，也只是平庸的诗，人人可为。而同样含义的"白日依山尽"不像是话，却是真正的诗，非一般人可为，只有诗人才写得出。它的语言表达方式与一般人的通用白话脱离开来了，实现了与通用语的偏离（deviation from the norm）。这里的通用语指人们天天使用的白话。试想把唐诗宋词译成白话，还有多少诗味剩下来？

谢谢古代先辈们一代又一代、不屈不挠的努力，话终于进化成了诗。

但是，20 世纪初一些激进的中国学者鼓荡起一场声势浩大的白话文运动。

客观说来，用白话文来书写、阅读自然科学和人文科学文献，例如哲学、政治学、伦理学、经济学等等文献，这都是**伟大的进步**。这个进步甚至可以上溯到八百多年前朱熹等大学者用白话体文章传输理学思想。对此笔者非常拥护，非常赞成。

但是约一百年前的白话诗运动却未免走向了极端，事实上是一种语言艺术方面的倒退行为。已经高度进化的诗词曲形式被强行要求返祖回归到三千多年前的类似白话的状态，已经高度语言艺术化了的诗被强行要求退化成话。艺术性相对较低的白话反倒成了正统，艺术性较高的诗反倒成了异端。其实，容许口语类白话诗和文言类诗并存，这才是正确的选择。但一些激进学者故意拔高白话地位，在诗歌创作领域搞成白话至上主义，这就走上了极端主义道路。

这个运动影响到诗歌翻译的结果是什么呢？结果是西方所有的大诗人，不论是古代的还是近代的，如荷马（Homer）、但丁（Dante）、莎士比亚、歌德、雨果（Victor Hugo）、普希金（Alexander Pushkin）……都莫名其妙地似乎用同一支笔写出了20世纪初才出现的味道几乎相同的白话文汉诗！

将产生这种极端性结果的原因再回推，我们会清楚地明白，当年的某些学者把文学艺术简单雷同于人文社会科学，误解了文学艺术，尤其是诗歌艺术的特殊性质，误以为诗就是话，混淆了诗与话的形式因素。

针对莎士比亚戏剧诗的翻译对策

由上可知，莎士比亚的剧文既然大多是格律诗，无论有韵无韵，它们都是诗，都有格律性。因此在汉译中，我们就有必要显示出它具有格律性，而这种格律性就是诗性。

问题在于，格律性是附着在语言形式上的；语言改变了，附着其上的格律性也就大多会消失。换句话说，格律大多不可复制或模仿，这就正如用钢琴弹不出二胡的效果，用古筝奏不出黑管的效果一样。但是，原作的内在旋律是可以模仿的，只是音色变了。原作的诗性是可以换个形式营造的，这就是利用汉语本身的语言特点营造出大略类似的语言艺术审美效果。

由于换了另外一种语言媒介，原作的语音美设计大多已经不能照搬、复制，甚至模拟了，那么我们就只好断然舍弃掉原作的许多语音美设计，而代之以译入语自身的语言艺术结构产生的语音美艺术设计。当然，原作的某些语音美设计还是可以尝试模拟保留的，但在通常的情况下，大多数的语音美已经不可能传输或复制了。

利用汉语本身的语音审美特点来营造莎士比亚诗歌的汉译语音审美效果，是莎士比亚作品翻译的一个有效途径。机械照搬原作的语音审美模式多半会失败，并且在大多数的场合下也没有必要。

具体说来，这就涉及翻译莎士比亚戏剧作品时该如何处理：1）节奏；2）韵律；3）措辞。笔者主张，在这三个方面，我们都可以适当借鉴利用中国古代词曲体的某些因素。戏剧剧文中的诗行一般都不宜多用单调的律诗和绝句体式。元明戏剧为什么没有采用前此盛行的五言或七言诗行而采用了长短错杂、众体皆备的词曲体？这是一种艺术形式发展的必然。元明曲体由于要更好更灵活地满足抒情、叙事、论理等诸多需要，故借用发展了词的形式，但不是纯粹的词，而是融入了民间语汇。词这种形式涵盖了一言、二言、三言、四言、五言、六言、七言、八言……乃至十多言的长短句式，因此利于表达变化莫测的情、事、理。从这个意义上看，莎士比亚剧文语言单位的参差不齐状态与中文词曲体句式的参差不齐状态正好有某种相互呼应的效果。

也许有人说，莎士比亚的剧文虽然是格律诗，但并不怎么押韵，因此汉诗翻译也就不必押韵。这个说法也有一定道理，但是道理并不充实。

首先，我们应该明白，既然莎士比亚的剧文是诗体，人们读到现今

的散体译文或不押韵的分行译文却难以感受到其应有的诗歌风味，原因
即在于其音乐性太弱。如果人们能够照搬莎士比亚素体诗所惯常用的音
步效果及由此引起的措辞特点，当然更好。但事实上，原作的节奏效果
是印欧语系语言本身的效果，换了一种语言，其效果就大多不能搬用了，
所以我们只好利用汉语本身的优势来创造新的音乐美。这种音乐美很难
说是原作的音乐美，但是它毕竟能够满足一点：即诗体剧文应该具有诗
歌应有的音乐美这个起码要求。而汉译的押韵可以强化这种音乐美。

其次，莎士比亚的剧文不押韵是由诸多因素造成的。第一，属于印
欧语系语言的英语在押韵方面存在先天的多音节不规则形式缺陷，导致
押韵词汇范围相对较窄。所以对于英国诗人来说，很苦于押韵难工；莎
士比亚的许多押韵体诗，例如十四行诗，在押韵方面都不很工整。其次，
莎士比亚的剧文虽不押韵，却在节奏方面十分考究，这就弥补了音韵方
面的不足。第三，莎士比亚的剧文几乎绝大多数是诗行，对于剧作者来
说，每部长达两三千行的诗行行都要押韵，这是一个极大的挑战，很难
完成。而一旦改用素体，剧作者便会轻松得多。但是，以上几点对于汉
语译本则不是一个问题。汉语的词汇及语音构成方式决定了它天生就是
一种有利于押韵的艺术性语言。汉语存在大量同韵字，押韵是一件很容
易的事情。汉语的语音音调变化也比莎士比亚使用的英语的音调变化空
间大一倍以上。汉语音调至少有四种（加上轻重变化可达六至八种），而
英语的音调主要局限于轻重语调两种，所以存在于印欧语系文字诗歌中
的频频押韵有时会产生的单调感，在汉语中会在很大程度上由于语调的
多变而得到缓解。故汉语戏剧剧文在押韵方面有很大的潜在优势空间，
实际上元明戏剧剧文频频押韵就是证明。

第三，莎士比亚的剧文虽然很多不押韵，但却具极强的节奏感。他
惯用的格律多半是抑扬格五音步（iambic pentameter）诗行。如果我们在
节奏方面难以传达原作的音美，或者可以通过韵律的音美来弥补节奏美

的丧失，这种翻译对策谓之堤内损失堤外补，亦谓失之东隅，收之桑榆。我们的语言在某方面有缺陷，可以通过另一方面的优点来弥补。当然，笔者主张在一定程度上借鉴利用传统词曲的风味，却并不主张使用宋词、元曲式的严谨格律，而只是追求一种过分散文化和过分格律化之间的妥协状态。有韵但是不严格，要适当注意平仄，但不过多追求平仄效果及诗行的整齐与否；不必有太固定的建行形式，只是根据诗歌本身的内容和情绪赋予适当的节奏与韵式。在措辞上则保持与白话有一段距离，但是绝非佶屈聱牙的文言，而是趋近典雅、但普通读者也能读懂的语言。

最后，根据翻译标准多元互补论原理，由于莎士比亚作品在内容、形式及审美效应方面具有多样性，因此，只用一种类乎纯诗体译法来翻译所有的莎士比亚剧文，也是不完美的，因为单一的做法也许无形中堵塞了其他有益的审美趣味通道。因此，这套译本的译风虽然整体上强调诗化、诗味，但是在营造诗味的途径和程度上不是单一的。我们允许诗体译风的灵活性和创新性。多译者译法实际上也是在探索诗体译法的诸多可能性，这为我们将来进一步改进这套译本铺垫了一条较宽的道路。因此，译文从严格押韵、半押韵到不押韵的各个程度，译本都有涉猎。但是，无论是否押韵，其节奏和措辞应该总是富于诗意，这个要求则是统一的。这是我们对皇家版《莎士比亚全集》译本的语言和风格要求。不能说我们能完全达到这个目标，但我们是往这个方向努力的。正是这样的努力，使这套译本与前此译本有很大的差异，在一定的意义上来说，标志着中国莎士比亚著作翻译的一次大转折。

翻译突破：还原莎士比亚作品禁忌区域

另有一个课题是中国学者从前讨论得比较少的禁忌领域，即莎士比亚著作中的性描写现象。

　　许多西方学者认为，莎士比亚酷爱色情字眼，他的著作渗透着性描写、性暗示。只要有机会，他就总会在字里行间，用上与性相联系的双关语。西方人很早就搜罗莎士比亚著作的此类用语，编纂了莎士比亚淫秽用语词典。这类词典还不止一种。1995年，我又看到弗朗基·鲁宾斯坦（Frankie Rubinstein）等编纂了《莎士比亚性双关语释义词典》（*A Dictionary of Shakespeare's Sexual Puns and Their Significance*），厚达372页。

　　赤裸裸的性描写或过多的淫秽用语在传统中国文学作品中是受到非议的，尽管有《金瓶梅》这样被判为淫秽作品的文学现象，但是中国传统的主流舆论还是抑制这类作品的。莎士比亚的作品固然不是通常意义上的淫秽作品，但是它的大量实际用语确实有很强的色情味。这个极鲜明的特点恰恰被前此的所有汉译本故意掩盖或在无意中抹杀掉。莎士比亚的所有汉译者，尤其是像朱生豪先生这样的译者，显然不愿意中国读者看到莎士比亚的文笔有非常泼辣的大量使用性相关脏话的特点。这个特点多半都被巧妙地漏译或改译。于是出现一种怪现象，莎士比亚著作中有些大段的篇章变成汉语后，尽管读起来是通顺的，读者对这些话语却往往感到莫名其妙。以《罗密欧与朱丽叶》第一幕第一场前面的30行台词为例，这是凯普莱特家两个仆人山普孙与葛莱古里之间的淫秽对话。但是，读者阅读过去的汉译本时，很难看到他们是在说淫秽的脏话，甚至会认为这些对话只是仆人之间的胡话，没有什么意义。

　　不过，前此的译本对这类用语和描写的态度也并不完全一样，而是依据年代距离在逐步改变。朱生豪先生的译本对这些东西删除改动得最多，梁实秋先生已经有所保留，但还是有节制。方平先生等的译本保留得更多一些，但仍然持有相当的保留态度。此外，从英语的不同版本看，有的版本注释得明白，有的版本故意模糊，有的版本注释者自己也没有弄懂这些双关语，那就更别说中国译者了。

在这一点上，我们目前使用的皇家版《莎士比亚全集》是做得最好的。

那么，我们该怎样来翻译莎士比亚的这种用语呢？是迫于传统中国道德取向的习惯巧妙地回避，还是尽可能忠实地传达莎士比亚的本真用意？我们认为，前此的译本依据各自所处时代的中国人道德价值的接受状态，采用了相应的翻译对策，出现了某种程度的曲译，这是可以理解的，是特定历史条件下的产物。但是，历史在前进，中国人的道德观已经有了很大的改变，尤其是在性禁忌领域。说实话，无论我们怎样真实地还原莎士比亚著作中的性双关描写，比起当代文学作品中有时无所忌讳的淫秽描写来，莎士比亚还真是有小巫见大巫的感觉。换句话说，目前中国人在这方面的外来道德价值接受状态，已经完全可以接受莎士比亚著作中的性双关用语了。因此，我们的做法是尽可能真实还原莎士比亚性相关用语的现象。在通常的情况下，如果直译不能实现这种现象的传输，我们就采用注释。可以说，在这方面，目前这个版本是所有莎士比亚汉译本中做得最超前的。

译法示例

莎士比亚作品的文字具有多种风格，早期的、中期的和晚期的语言风格有明显区别，悲剧、喜剧、历史剧、十四行诗的语言风格也有区别。甚至同样是悲剧或喜剧，莎士比亚的语言风格往往也会很不相同。比如同样是属于悲剧，《罗密欧与朱丽叶》剧文中就常常有押韵的段落，而大悲剧《李尔王》却很少押韵；同样是喜剧，《威尼斯商人》是格律素体诗，而《快乐的温莎巧妇》却大多是散文体。

与此现象相应，我们的翻译当然也就有多种风格。虽然不完全一一对应，但我们有意避免将莎士比亚著作翻译成千篇一律的一种文体。从这个意义上说，皇家版《莎士比亚全集》汉译本在某些方面采用了全新的译法。这种全新译法不是孤立的一种译法，而是力求展示多种翻译风格、多种审美尝试。多样化为我们将来精益求精提供了相对更多的选择。如果现在固定为一种单一的风格，那么将来要想有新的突破，就困难了。概括说来，我们的多种翻译风格主要包括：1）有韵体诗词曲风味译法；2）有韵体现代文白融合译法；3）无韵体白话诗译法。下面依次选出若干相应风格的译例，供读者和有关方面品鉴。

一、有韵体诗词曲风味译法

有韵体诗词曲风味译法注意使用一些传统诗词曲中诗味比较浓郁的词汇，同时注意遣词不偏僻，节奏比较明快，音韵也比较和谐。但是，它们并不是严格意义上的传统诗词曲，只是带点诗词曲的风味而已。例如：

女巫甲　　何时我等再相逢？

　　　　　　闪电雷鸣急雨中？

女巫乙　　待到硝烟烽火静，

　　　　　　沙场成败见雌雄。

女巫丙　　残阳犹挂在西空。　　　　　（《麦克白》第一幕第一场）

小丑甲　　当时年少爱风流，

　　　　　　有滋有味有甜头；

　　　　　　行乐哪管韶华逝，

　　　　　　天下柔情最销愁。　　　　（《哈姆莱特》第五幕第一场）

朱丽叶　天未曙，罗郎，何苦别意匆忙？
　　　　鸟音啼，声声亮，惊骇罗郎心房。
　　　　休听作破晓云雀歌，只是夜莺唱，
　　　　石榴树间，夜夜有它设歌场。
　　　　信我，罗郎，端的只是夜莺轻唱。

罗密欧　不，是云雀报晓，不是莺歌，
　　　　看东方，无情朝阳，暗洒霞光，
　　　　流云万朵，镶嵌银带飘如浪。
　　　　星斗如烛，恰似残灯剩微芒，
　　　　欢乐白昼，悄然驻步雾嶂群岗。
　　　　奈何，我去也则生，留也必亡。

朱丽叶　听我言，天际微芒非破晓霞光，
　　　　只是金乌，吐射流星当空亮，
　　　　似明炬，今夜为郎，朗照边邦，
　　　　何愁它曼托瓦路，漫远悠长。
　　　　且稍待，正无须行色皇皇仓仓。

罗密欧　纵身陷人手，蒙斧钺加诛于刑场；
　　　　只要这勾留遂你愿，我欣然承当。
　　　　让我说，那天际灰朦，非黎明醒眼，
　　　　乃月神眉宇，幽幽映现，淡淡辉光；
　　　　那歌鸣亦非云雀之讴，哪怕它
　　　　嚣然振动于头上空冥，嘹亮高亢。
　　　　我巴不得栖身此地，永不他往。
　　　　来吧，死亡！倘朱丽叶愿遂此望。
　　　　如何，心肝？畅谈吧，趁夜色迷茫。

　　　　　　　　　　（《罗密欧与朱丽叶》第三幕第五场）

二、有韵体现代文白融合译法

有韵体现代文白融合译法的特点是：基本押韵，措辞上白话与文言尽量能够水乳交融；充分利用诗歌的现代节奏感，俾便能够念起来朗朗上口。例如：

哈姆莱特 死，还是生？这才是问题根本：

莫道是苦海无涯，但操戈奋进，

终赢得一片清平；或默对逆运，

忍受它箭石交攻，敢问，

两番选择，何为上乘？

死灭，睡也，倘借得长眠

可治心伤，愈千万肉身苦痛痕，

则岂非美境，人所追寻？死，睡也，

睡中或有梦魇生，唉，症结在此；

倘能撒手这碌碌凡尘，长入死梦，

又谁知梦境何形？念及此忧，

不由人踌躇难定：这满腹疑情

竟使人苟延年命，忍对苦难平生。

假如借短刀一柄，即可解脱身心，

谁甘愿受人世的鞭挞与讥评，

强权者的威压，傲慢者的骄横，

失恋的痛楚，法律的耽延，

官吏的暴虐，甚或默受小人

对贤德者肆意拳脚加身？

谁又愿肩负这如许重担，

流汗、呻吟，疲于奔命，

倘非对死后的处境心存疑云，

惧那未经发现的国土从古至今
无孤旅归来，意志的迷惘
使我辈宁愿忍受现世的忧闷，
而不敢飞身投向未知的苦境？
前瞻后顾使我们全成懦夫，
于是，本色天然的决断决行，
罩上了一层思想的惨淡余阴，
只可惜诸多待举的宏图大业，
竟因此如逝水忽然转向而行，
失掉行动的名分。　　　　　（《哈姆莱特》第三幕第一场）

麦克白　若做了便是了，则快了便是好。
若暗下毒手却能横超果报，
割人首级却赢得绝世功高，
则一击得手便大功告成，
千了百了，那么此际此宵，
身处时间之海的沙滩、岸畔，
何管它来世风险逍遥。但这种事，
现世永远有裁判的公道：
教人杀戮之策者，必受杀戮之报；
给别人下毒者，自有公平正义之手
让下毒者自食盘中毒肴。　　　（《麦克白》第一幕第七场）

损神，耗精，愧煞了浪子风流，
都只为纵欲眠花卧柳，
阴谋，好杀，赌假咒，坏事做到头；

心毒手狠，野蛮粗暴，背信弃义不知羞。

才尝得云雨乐，转眼意趣休。

舍命追求，一到手，没来由

便厌腻个透。呀恰，恰像是钓钩，

但吞香饵，管教你六神无主不自由。

求时疯狂，得时也疯狂，

曾有，现有，还想有，要玩总玩不够。

适才是甜头，转瞬成苦头。

求欢同枕前，梦破云雨后。

唉，普天下谁不知这般儿歹症候，

却避不得便往这通阴曹的天堂路儿上走！

（十四行诗第一百二十九首）

三、无韵体白话诗译法

无韵体白话诗译法的特点是：虽然不押韵，但是译文有很明显的和谐节奏，措辞畅达，有诗味，明显不是普通的口语。例如：

贡妮芮　　父亲，我爱您非语言所能表达；

胜过自己的眼睛、天地、自由；

超乎世上的财富或珍宝；犹如

德貌双全、康强、荣誉的生命。

子女献爱，父亲见爱，至多如此；

这种爱使言语贫乏，谈吐空虚：

超过这一切的比拟——我爱您。（《李尔王》第一幕第一场）

李尔　　国王要跟康沃尔说话，慈爱的父亲

要跟他女儿说话，命令、等候他们服侍。

这话通禀他们了吗？我的气血都飙起来了！
火爆？火爆公爵？去告诉那烈性公爵——
不，还是别急：也许他是真不舒服。
人病了，常会疏忽健康时应尽的
责任。身子受折磨，
逼着头脑跟它受苦，
人就不由自主了。我要忍耐，
不再顺着我过度的轻率任性，
把难受病人偶然的发作，错认是
健康人的行为。我的王权废掉算了！
为什么要他坐在这里？这种行为
使我相信公爵夫妇不来见我
是佞俩。把我的仆人放出来。
去跟公爵夫妇讲，我要跟他们说话，
现在就要。叫他们出来听我说，
不然我要在他们房门前打起鼓来，
不让他们好睡。　　　　　　（《李尔王》第二幕第二场）

奥瑟罗　　诸位德高望重的大人，
　　　　　我崇敬无比的主子，
　　　　　我带走了这位元老的女儿，
　　　　　这是真的；真的，我和她结了婚，说到底，
　　　　　这就是我最大的罪状，再也没有什么罪名
　　　　　可以加到我头上了。我虽然
　　　　　说话粗鲁，不会花言巧语，
　　　　　但是七年来我用尽了双臂之力，

直到九个月前，我一直
都在战场上拼死拼活，
所以对于这个世界，我只知道
冲锋向前，不敢退缩落后，
也不会用漂亮的字眼来掩饰
不漂亮的行为。不过，如果诸位愿意耐心听听，
我也可以把我没有化装掩盖的全部过程，
一五一十地摆到诸位面前，接受批判：
我绝没有用过什么迷魂汤药、魔法妖术，
还有什么歪门邪道——反正我得到他的女儿，
全用不着这一套。　　　　　　　（《奥瑟罗》第一幕第三场）

目 录

《安东尼与克莉奥佩特拉》导言

　　《安东尼与克莉奥佩特拉》（以下简称为《安》剧）是莎士比亚的一部极为绚丽璀璨的悲剧。故事横跨整个地中海世界，是罗马爱神维纳斯（Venus）和战神玛尔斯（Mars）的情事搬到历史情境中的呈现。这部悲剧构筑在形形色色的矛盾冲突上：男人与女人、欲望与职责、床笫之欢与战场之争、老迈与年轻，以及最重要的，埃及与罗马之间的纠葛。

　　在与莎士比亚的第一对开本同年出版的亨利·科克拉姆（Henry Cockeram）的《英语词典》（*English Dictionary*）中，克莉奥佩特拉这一词条被解释为："埃及女王，曾是尤力乌斯·凯撒的情人；后又勾引马克·安东尼掉进她的温柔乡，使他情陷埃及王国，最终走向灭亡。"贡献卓越的立法者或是战功赫赫的勇士受到情欲的诱惑而导致自我毁灭，这在当时是人们常以为戒的。早前的一部词典就曾提醒读者《圣经》中的所罗门王（King Solomon）如何"智慧超群，博学多闻"，但又如何"因娇宠女人而犯下邪神崇拜的罪过"。dotage 一词最初的意思为"痴狂乖张，昏聩糊涂（如年迈者）"。溺爱放纵会违背理性；沉迷爱情会丧失智慧。同时，该词亦指年老朽迈：衰老会使理性之光暗淡，让一个老人再变成孩童。

　　戏剧一开场，一名罗马部下就议论道，"唉，我们的将军竟如此痴恋，/ 真不可思量"。在罗马人看来，他们的主帅身为伟大的罗马帝国三大柱石之一，竟然变成了一个纵欲享乐、被迷得神魂颠倒的少年了——这简直是奇耻大辱！也许他确实到了年老糊涂的时候，变成了一个"老小孩"。相反地，在埃及人看来，欲望的力量超越了微不足道的部族政治。安东尼面临着两难抉择：这一刻，他亲吻着克莉奥佩特拉，感叹道，"生命的荣光就在于能够这样"；而下一刻，他又警告自己，"我必须挣断这副坚硬的埃及镣铐，/ 否则我将在沉沦中迷失"。

　　罗马精神要求用理性克制激情，但在埃及，爱情则被认为是既不能也不应该被束缚或衡量的情感，爱情的力量无边无尽。安东尼和克莉奥佩特拉之间的爱情"必须发现新的洞天"。爱情的媒介是诗歌：在这部戏剧中，莎士比亚任由他那非凡的诗意才情自由驰骋，可谓空前绝后。尽管开场白出自于一位罗马人之口，但其风格却忠实于克莉奥佩特拉：诗行遵循着五音步诗歌的韵律缓缓流淌，与那由丰饶的尼罗河贯穿全境的婀娜柔美的埃及形象交相辉映，打破了严苛冷酷的罗马精神。

　　在文艺复兴传统中，奥古斯都时期是一个理想化的时代，《安》剧却一反常态，把屋大维描绘成一个说话拐弯抹角的实用主义者。该剧没有将落脚点放在从共和国到帝国的重大变革之上，而是更加关注马克·安东尼如何从一位军事领袖沦为了情欲的奴隶："留心看看，你就可以明白 / 他本是这世界上的三大柱石之一，/ 现在已变成娼妇的玩物了。"在罗马人眼中，肉欲让安东尼威严扫地，留下千古笑柄，但整部悲剧的诗意的语言，一直到结尾都为这对情侣唱着赞歌（"这世上再不会有第二座坟墓 / 环抱着如此赫赫有名的一对情侣"），他们死后的"结合"象征着世界的和谐。就连屋大维自己也不得不承认殉情后的克莉奥佩特拉"仿佛还要用她那坚不可破的迷魅之网 / 再俘获一个安东尼"：原文中的 toil 暗指性爱时大汗淋漓，但 grace 暗示即便是最具罗马精神的人物，此时此刻也无法再把安东尼和克莉奥佩特拉看成是自欺欺人的"老糊涂"。克莉奥佩特拉的临终之言仍在空气中回响；诗歌语言的魅力是那么迷人，当克莉奥佩特拉说她丢弃身上的其余元素，化身为"火和风"时，披文入情的听者都差点信以为真。查米恩说得好，她是"一位风华绝代的佳人"：既是一个普普通通的女人，但同时也是一位举世无双的女王，是尼罗河的花蛇；她象征着尼罗河畔的丰饶肥沃，寄托着生命本身的热情之火。

尽管《马克·安东尼传》（"Life of Marcus Antonius"）这一章对女主人公的描写着墨颇为浓重，但普卢塔克（Plutarch）叙事的历史结构一贯都围绕男主人公展开。莎士比亚的悲剧却一改以往的焦点，转而将埃及艳后的殉情而并非统帅安东尼生命的终结作为故事的高潮。这种女性视角站在了一直以来支配着历史演进的男权声音的对立面。在叙述声调和语言方面，《安》剧可称为"女性化"的经典悲剧：埃及的烹饪术、豪华的寝榻以及打弹子的太监都与冷峻的罗马建筑、严酷的元老院政事形成鲜明对比。

在戏剧末尾，年轻的屋大维·凯撒成为了罗马帝国唯一的统治者。他将获封"奥古斯都"的尊号，被认为是开明的帝国君主的化身——是莎士比亚的赞助人、雄心勃勃的国王詹姆斯（King James）的楷模。然而，整部悲剧中诗意的语言呈现出的是一种"埃及风格"。从艾诺巴勃斯对锡德纳斯河上的画舫令人神往着迷的回忆，到克莉奥佩特拉为迎接毒蛇的死亡之吻最后一次穿戴王袍，描述女王的语言仿佛向听众施展了魔法。戏剧创造幻象的魔力与她那魅惑诱人的法术浑然天成。

她的演技完美精湛，脸色说变就变，何时郑重其事，何时玩闹打趣，周围的人们都捉摸不透。在语言上，她拥有将轻快出奇的高雅语调与充满色欲的粗俗之言完美结合的天赋（"啊，幸福的马儿啊，你能够把安东尼驮在你的身上！"）。她也是莎士比亚的悲剧中唯一一位拥有可与喜剧女主人公，如《皆大欢喜》（*As You Like It*）中的罗瑟琳（Rosalind）以及

《威尼斯商人》（*The Merchant of Venice*）中的鲍西娅（Portia），相媲美的
超群智慧的女性。当她故意佯装怀疑地问"富尔维娅能死得了吗？"的
时候，其实是一语双关，此处的"死"是在暗指达到性高潮（她在嘲讽
罗马人的妻子净是些不解风情的娘儿们）。克莉奥佩特拉是成熟的朱丽叶
（Juliet）：她对自己的身体拥有绝对的自信，享受自己的性身份，并在
两性关系中占据着主导地位。然而，她还有着阴暗的一面：她不仅利用
自己的性诱惑力和女王的权势来勾引、迷惑男人，而且还将他们玩弄于股
掌之间，使他们丧失男子汉的气概。她不分青红皂白地把带来凶讯的信差
痛打一顿。她的主要侍臣是两名侍女：查米恩和伊拉丝。普卢塔克曾控诉
道，安东尼整个帝国的事务都由这两名伺候克莉奥佩特拉起居，帮她梳理
头发、佩戴头饰的侍女说了算。她的侍从中仅有的男性，一个是太监玛狄
恩，一个是希腊人艾勒克萨斯，而后者的名字与同性恋性欲同义。

据史料记载，克莉奥佩特拉是效忠于希腊，而与罗马帝国站在对立
面的。她的家族，即托勒密家族，是希腊马其顿人的后裔。尽管现代的
一些研究在她深色的皮肤上做文章，认为她是黑人，甚至在某种程度上
是女版的奥瑟罗（Othello），但莎士比亚的同时代人却不这么认为。比
莎士比亚早出生不到两年的乔治·阿博特（George Abbot[1]）在其《世界概
览：特述各君主国、帝国与王国》（*Brief Description of the Whole World
wherein is particularly described all the Monarchies, Empires, and Kingdoms
of the same*）一书中明确地澄清了这一点：

> 尽管埃及与毛里塔尼亚气候类型相同，但那里的居民并非黑色人种，
> 而是深棕色或浅棕色的。克莉奥佩特拉也生着这样的肤色；她先是
> 勾引尤力乌斯·凯撒，成为他的情人，后又通过同样的方式，成为

1　原文中乔治·阿博特的名字被写为 George Abbott，实为 George Abbot。——译者附注

安东尼的妻子。那些以埃及人的名义奔走于世界各地的棕色皮肤的逃亡者（他们曾千方百计逃离故土），实际沦为了混迹于许多国家的骗子和专干卑劣勾当的渣滓。

tawny 是一种由于日晒而形成的浅棕色，但与毛里塔尼亚的摩尔人的黑色肤色截然不同。吉卜赛人的肤色便是棕色的，他们声称来自埃及。正如伊阿戈（Iago）用带有种族歧视的言语侮辱奥瑟罗，说他生着一副黑面孔，罗马人也贬低克莉奥佩特拉，称她为吉卜赛女郎，把她与一个以懒惰、流浪、偷窃、占卜、谎言、巫术和行骗而闻名的民族联系在一起——这些也正是莎士比亚笔下克莉奥佩特拉宫廷的特点。

吉卜赛人经常被视为身无分文的乞丐；克莉奥佩特拉是矛盾的化身，至高无上的王权和乞丐般的低下卑微在她身上相伴相随。安东尼以一句"如果爱情可以衡量，它便肤浅不堪（beggary）"开启了他剧中的旅程，而克莉奥佩特拉在意识到那满是粪便的土地孕育出的食物是"乞丐和凯撒同样赖以生存的东西"后，生命之剧也将落下帷幕。她宁愿从一个乞丐般的乡下佬那里买来毒蛇，让它在自己的胸口吮吸，也绝不愿低三下四乞求凯撒开恩。她拒绝归降凯撒的主要原因似乎是无法忍受被示众的屈辱："卑劣可鄙的诗人们"会把她编入那无聊的谣曲，

……滑稽可笑的喜剧伶人们

将临时拼凑出一台戏，把我们

埃及王宫的飨宴搬上舞台：

安东尼将以醉汉形象踉跄登场，

克莉奥佩特拉将变身尖嗓子的童孩，

威严的女王将成为卖弄风骚的妓娼。

这可以说是莎士比亚最大胆的自我指涉之一：他就是那所谓的"卑劣可鄙的诗人"，他的演员们则是将欢宴即兴搬上舞台的"滑稽可笑的喜剧伶

人们"；由理查德·伯比奇（Richard Burbage）扮演的安东尼曾"以醉汉形象踉跄登场"；他心里也很清楚，男童伶有时被视为供演员玩弄的娈童，讲这番话的"尖嗓子的克莉奥佩特拉"正是由伯比奇男扮女装的学徒扮演，他也就二十岁左右（这一点是发人深省的，因为在莎士比亚的众多角色中，克莉奥佩特拉在当今被认为是成熟女演员的首选）。

莎士比亚在《安》剧中为自己设定了什么角色——如果确实有的话——我们不得而知，也许只是一个无关痛痒的小角色。但哪个角色与他的思想最为契合却毋庸置疑。莎士比亚既是一位现实主义者，也是一位浪漫主义者，既是一位精通权术的政治家，也是一位无人能及的诗人；他对安东尼戏剧性人生轨迹的大起与大落的呈现同样得心应手。他始终既在戏内，又在戏外；他既是自己创作的戏剧世界的入情入境的参与者，又是以超然的姿态凌驾于戏剧之上的揶揄嘲弄的评论者。在戏剧中，他看待问题的角度与身在罗马的埃及人和身在埃及的罗马人一样；正如他早年虽然身在伦敦，却一直秉持一个从乡下来的局外人的立场。因此，在他的笔下，出现了一个全新的角色，也是该剧中唯一一位无历史文献记载的主要人物，那就是艾诺巴勃斯。他头脑聪明，机智幽默；他爱与人结伴，同时又谨慎地与人保持距离；他对女人充满包容与赞赏，但感到还是与男人相处时最自在（在与茂那斯结盟、与阿格里帕较劲时，同性之间微妙的暧昧之感跃然纸上）；他在评判别人时不偏不倚，分析得头头是道，但当他认清局势，抛弃忠诚，最终背叛朋友和主子时，内心又充满了悲恸和羞愧。艾诺巴勃斯是莎士比亚塑造的又一个丰满动人的角色，从某种程度上讲，可以说是莎士比亚所有作品中最接近他本人的角色。

参考资料

剧情：自尤力乌斯·凯撒被刺和菲利皮之战后，马克·安东尼、屋大维·凯撒和雷必达结成了统治世界的"后三头同盟"。然而，安东尼拜倒在了美艳绝伦的埃及女王克莉奥佩特拉的石榴裙下，耽溺于和她在亚历山大共度良宵，而把主帅的职责抛于脑后。罗马人对此议论纷纷，年轻的屋大维·凯撒和他之间的矛盾也随之加剧。消息从罗马传来，安东尼的妻子去世；同时，罗马帝国又面临着更为紧急的局势，"三头同盟"的统治受到庞培叛乱的威胁。安东尼不得不返回罗马，重新担负起他的职责。为了巩固与屋大维的同盟关系，安东尼同意迎娶他的姐姐屋大维娅为妻。克莉奥佩特拉在埃及听到这个消息后，妒火中烧，好一顿数落。在濒临交战之时，安东尼和屋大维与庞培达成了和解。但不久之后，安东尼便得知屋大维不仅下令攻打了庞培，还公开嘲笑辱骂自己，更找了些牵强的罪名将雷必达囚禁起来。安东尼遣屋大维娅去找她的弟弟谈判，自己却偷偷回到了亚历山大。在那里，他和克莉奥佩特拉与他们的儿女们加冕称王；消息一经传到罗马，屋大维即对埃及宣战。在亚克兴角海战中，克莉奥佩特拉的战船掉头逃遁，安东尼不顾激战，尾随而去，埃及军队大败。安东尼羞愧难当，失望至极，变得一蹶不振。然而，当得知屋大维主动提出与克莉奥佩特拉缔结秘密协定时，他重振旗鼓，打了一场漂亮仗。在第三场战役之前，安东尼的部下个个惶恐不安，担心噩运终将降临，甚至连一向忠心耿耿的艾诺巴勃斯都弃他而去。埃及的舰队投降，盛怒之下的安东尼痛斥克莉奥佩特拉把他出卖给了屋大维。克莉奥佩特拉因畏惧安东尼的暴怒，躲进了陵墓，并派人向安东尼谎称自己已经死去。安东尼闻讯后，不禁万念俱灰，遂伏剑自杀。临死前，他得知真相，叫人把他抬到克莉奥佩特拉的陵墓，在女王的怀中合上了双眼。而克莉奥佩特拉因不愿做罗马人的俘虏和奴隶，也自杀殉情。至此，屋大维·凯撒铲除了所有敌人，奏凯而归。

主要角色：（列有台词百分比 / 台词段数 / 上场次数）马克·安东尼（24%/202/22），克莉奥佩特拉（19%/204/16），屋大维·凯撒（12%/98/14），艾诺巴勃斯（10%/113/12），庞培（4%/41/3），查米恩（3%/63/10），雷必达（2%/30/6），茂那斯（2%/35/3），阿格里帕（2%/28/7），道拉培拉（1%/23/3），艾洛斯（1%/27/6），斯卡勒斯（1%/12/4）。

语体风格：诗体约占 95%，散体约占 5%。

创作年代：1606—1607 年。可能于 1606 年或 1607 年圣诞节时在宫廷中上演。于 1608 年 5 月作了出版登记（但其实并未在第一对开本前出版）；它似乎对由巴纳比·巴恩斯（Barnabe Barnes）创作、于 1607 年上演并出版的一部戏剧产生了一定影响。

取材来源：该剧主要依据的是普卢塔克所撰写的《希腊罗马名人传》（*Lives of the Most Noble Grecians and Romanes*）中《马克·安东尼传》一章，莎士比亚使用的是托马斯·诺斯（Thomas North）1579 年的英译本；有些措辞甚至可以对照起来阅读。莎剧主要增加了艾诺巴勃斯一角，而这一人物在普卢塔克的著作中只是略有提及。莎士比亚似乎还读过塞缪尔·丹尼尔（Samuel Daniel）1594 年版的《克莉奥佩特拉》（该剧是为读者并非观众而作）；而丹尼尔在 1607 年重新修订这部剧时，似乎又反过来受到了莎士比亚的影响。

文本：1623 年出版的第一对开本是唯一的早期版本。它似乎排印自莎士比亚手稿的一个抄写稿，第一对开本中的专有名词有明显的前后不一的拼写错误，小错误亦比比皆是，但所幸的是，严重的错误并不多见。

乔纳森·贝特（Jonathan Bate）

安东尼与克莉奥佩特拉

马克·安东尼，罗马三执政之一

狄米特律斯

菲罗

道密歇斯·艾诺巴勃斯

文提狄厄斯

西利乌斯 　　　　　安东尼的部下

艾洛斯

凯尼狄厄斯

斯卡勒斯

德尔西特斯

安东尼遣往凯撒处的**使节**，教书先生

克莉奥佩特拉，埃及女王

查米恩

伊拉丝

艾勒克萨斯 　　　克莉奥佩特

玛狄恩，一个太监 　　拉的侍从

狄俄墨得斯

塞琉克斯，克莉奥佩特拉的司库

屋大维·凯撒，罗马三执政之一

雷必达，罗马三执政之一

屋大维娅，屋大维·凯撒之姊，安东尼之后妻

梅西纳斯
阿格里帕
陶勒斯
道拉培拉   } 屋大维·凯撒的部下
西狄阿斯
盖勒斯
普洛丘里厄斯
塞克斯都·庞培，反叛罗马三执政者
茂那斯
茂尼克拉提斯   } 庞培的部下
瓦里厄斯
信差数名
一算命人
庞培的仆人数名
一男童伶
安东尼军队一将领
一乡下佬
侍从、太监、哨兵、侍卫、兵士及仆人各数名

第一幕

第一场　／　第一景

亚历山大，埃及王国首都

狄米特律斯与菲罗上

菲罗　　　　唉，我们的将军竟如此痴恋，

真不可思量：可从前他指挥大军，

像全身披甲的战神[1]，英猛的双眼，

放射出束束的威光；如今却回头，

痴情地俯看着一张棕色的脸蛋儿。

他那曾经不可一世的枭雄之心

足以在殊死的鏖战中胀崩

胸前的纽扣；如今却迷惘失常，

甘愿做一具风箱、一把扇子

去扇凉那吉卜赛骚娘儿们的无穷欲火。

喇叭奏花腔。安东尼、克莉奥佩特拉、侍女查米恩与伊拉丝及扈从上；众太监掌扇随侍

瞧！他们来了：

留心看看，你就可以明白

他本是这世界上的三大柱石之一，

现在已变成娼妇的玩物了。留心看。

克莉奥佩特拉　　如果它真是爱情，告诉我它有多深。

1　原文中的 Mars 指罗马神话中的战神玛尔斯。

安东尼	如果爱情可以衡量，它便肤浅不堪。
克莉奥佩特拉	我偏要设个界线，看你爱我到什么极限。
安东尼	那么你必须发现新的洞天。

一信差上

信差	禀将军，罗马有信。
安东尼	讨厌！简单报来。
克莉奥佩特拉	别，还是听听有什么消息吧，安东尼。

说不准富尔维娅[1]在生气；或许

那乳臭未干的凯撒[2]会降旨，

吩咐说："给我做这件事，做那件事；

征服这个王国，解放那个王国；

令出即行，否则就处你一个抗旨的罪名。"

| 安东尼 | 怎么会，我的爱人？ |
| 克莉奥佩特拉 | 也许？不，那是非常可能的。 |

你不能再在这儿逗留了：凯撒已经

把你免职，所以听听他怎么说吧，安东尼。

富尔维娅的传令呢？——我该说是凯撒的。或他们两人的？

传信使进来。我以埃及女王的身份发誓，

你的脸红了，安东尼，你满脸的热血

是臣服凯撒的表示；否则便是泼辣的富尔维娅

把你骂得羞色满面。传信差进来！

| 安东尼 | 让罗马溶化在台伯河[3]的流水里，让广袤帝国的 |

1 富尔维娅（Fulvia）是安东尼之妻。

2 即屋大维·凯撒，他是尤力乌斯·凯撒（Julius Caesar）的甥孙和养子，当时 23 岁，比安东尼年轻 20 岁。

3 台伯河（Tiber）是罗马的主要河流。

高大拱门倒塌吧！这儿是我的生存之地。
纷纷列国，不过是堆堆泥土：这污秽的
烂泥巴养育人类，也养育禽兽。
（两人拥抱）生命的荣光就在于能够这样：
相互爱恋的一对，两个有情人能如此
心心相印，我要向世界宣告[1]，
我们是天造地设的一双。

克莉奥佩特拉　美妙的谎话！
他为什么娶了富尔维娅却又不爱她？
我还是假作痴傻吧。安东尼
终归会露出他的本色。

安东尼　　　　只有克莉奥佩特拉能给安东尼鼓气[2]。
看在爱神和她那甜蜜时辰的分上，
别让我们用尖刻的语言蹉跎时光；
从现在起，我们要享受生命中
每一分钟的快乐。今晚我们玩什么？

克莉奥佩特拉　召见使者。

安东尼　　　　哎哟，嘴不饶人的女王！
你举手投足都是那么可爱；
喜怒哀乐，你的每一种情绪
都充分展示了你的妩媚动人。
不要信差，我只要和你单独在一起；
今晚我们两人去市街逛逛，
察看察看当地的民情。来吧，我的女王；

1　原文中的 on pain of punishment 为官方律例中的措辞；此处指安东尼将他们的爱情公之于世。
2　原文中的 stirred 暗指激起性欲。

你昨晚就有这个打算。——（对信差）不要对我们说话。

安东尼与克莉奥佩特拉率扈从下

狄米特律斯　安东尼会这样看不上凯撒吗？

菲罗　　　阁下，有时候他不像是安东尼；

安东尼应该具有伟大的品格，

现在的他可差得老远啦。

狄米特律斯　我感到太遗憾了，

他竟证实了卑鄙的造谣者在罗马散布的

种种有关他的坏话；可我还是希望

他明天能够做得更好一些。再会！　　　　　同下

第二场　/　景同前

艾诺巴勃斯、拉姆普里厄斯、一算命人、拉尼厄斯、路西里厄斯、查米恩、伊拉丝、太监玛狄恩与艾勒克萨斯上

查米恩　　　艾勒克萨斯大人，可爱的艾勒克萨斯，什么都是顶呱呱的艾勒克萨斯，最棒最棒最最棒的艾勒克萨斯，你在娘娘面前吹得天花乱坠的那个算命的呢？噢！我知道了，你不是说我那个男人会长一对角，角上还要挂起花环吗[1]？！

艾勒克萨斯　算命的。

1　传说被戴绿帽子的男人会在额头长出角；"角上还要挂起花环"暗指查米恩的丈夫是位绿帽子大王。

算命人	您有什么吩咐？
查米恩	就是这个人吗？先生，那个能够预知未来的人是你吗？
算命人	在造化无穷无尽的秘籍中， 我略懂一二。
艾勒克萨斯	（对查米恩）让他看看你的手相。
艾诺巴勃斯	（对幕内众仆人）快把酒食[1]送进去：为克莉奥佩特拉祝福的美酒要多备一些。（众仆人端出水果与美酒）
查米恩	（伸出手）好先生，带给我一些好运气。
算命人	我不能带来运气，只能预知凶吉。
查米恩	那么请你替我占卦，算得一注好运来。
算命人	你的将来会远比现在风采照人。
查米恩	他的意思是我会变得白白嫩嫩的。
伊拉丝	不，你老了得抹上一脸白粉。
查米恩	千万别长皱纹才好！
艾勒克萨斯	不要打扰他的预言：留心听着。
查米恩	嘘！
算命人	你将要爱慕别人甚于被别人所爱。
查米恩	那我倒宁愿喝酒来暖自己的肝[2]。
艾勒克萨斯	不，听他说。
查米恩	好吧，给我算出一些好运来吧：让我一个上午嫁三个国王，又接连做三回寡妇；让我在五十岁喜得贵子，犹太的希律王[3]都要向他鞠躬致敬。看看我的手掌吧，让我嫁

1　原文中的 banquet 指一场主供果脯、水果和美酒的筵席。

2　肝被认为是激情和欲火的来源。

3　指罗马帝国犹太行省的从属王希律，曾为杀害幼儿耶稣而下令屠杀所有的男婴；在众多道德剧中以恶棍的角色出现。

	给屋大维·凯撒，好跟我的女主人平起平坐。
算命人	你要比你伺候的女主人活得长久。
查米恩	啊，太棒了！长命百岁强过红颜薄命[1]。
算命人	你的前半辈子还算不错， 后半辈子会有些坎坷。
查米恩	这么说，大概我的孩子们都是有名无姓的：请问，我命 中该有几个儿子、几个女儿？
算命人	要是你的每一个愿望都能怀胎受孕， 你可以有一百万个儿女。
查米恩	啐，王八蛋！念你是个巫师，我不跟你计较。
艾勒克萨斯	你以为除了你的枕席以外谁也不知道你脑子里在转悠些 什么。
查米恩	别说了，来，替伊拉丝也算个命。
艾勒克萨斯	我们大家都要算个命。
艾诺巴勃斯	今晚，我的命运，还有我们大家的，就是一醉方休。
伊拉丝	（伸出手）从这只手掌至少可以看出一个贞洁的品性，即 使看不出别的什么。
查米恩	犹如从泛滥的尼罗河[2]可以看出旱灾一样。
伊拉丝	滚开，你这放荡的家伙，你又不会算命。
查米恩	哎哟，如果滑腻的手心[3]不是多子多孙的征兆，那我就连 搔耳朵也不会了[4]。请你为她算一个平常普通的命运来。
算命人	你们俩的命运差不多。

1 原文中的 figs 通常为女性阴道的委婉说法；此处暗指男性生殖器。
2 查米恩此处是在嘲讽；尼罗河泛滥后肥沃的土地是丰收的保证。
3 潮湿滑腻的手心被认为是好色的表现。
4 搔耳朵这个动作意指听到新奇事物时的欣喜反应。

伊拉丝	怎么差不多？怎么差不多？说得再清楚些。
算命人	该说的我已经说过了。
伊拉丝	难道我的命运没有一寸一分强过她的地方吗？
查米恩	好吧，要是你的命运强过我一分，那么你愿意比我强在什么地方呢？
伊拉丝	反正不是在我丈夫的鼻子上[1]。
查米恩	愿上天纠正我们这些邪恶的念头。艾勒克萨斯——来，给他算命，给他算算！啊，让他娶一个不中用的女人[2]，亲爱的伊西斯女神[3]，我求求你；让他第一个女人死了，再娶一个更坏的；就这样，娶了一个又一个，一个不如一个，直到最坏的一个笑呵呵，让他头戴五十顶绿帽子下坟墓！好伊西斯女神，哪怕你拒绝我其他更重要的请求，请接受我这一个。好伊西斯，求求你啦！
伊拉丝	阿门，亲爱的女神，听听百姓的祷告吧！因为正像看见一个漂亮的男人娶到一个淫荡的妻子可以叫人心碎一样，看见一个奸恶的坏人有一个不会偷汉子的老婆也是会令人痛心疾首的。所以，亲爱的伊西斯，凡事有个法度，给他应得的命运吧。
查米恩	阿门。
艾勒克萨斯	嘿，瞧！要是她们有办法给我戴顶绿帽子，就是叫她们当婊子，她们也愿意！

克莉奥佩特拉上

艾诺巴勃斯	嘘！安东尼来了。

1 暗示如果有什么地方比查米恩强一寸一分的话，她丈夫的阴茎是更好的地方。
2 此处有不能做爱、不能怀孕等多重意思。
3 伊西斯（Isis）是埃及神话中司掌生育和繁殖的月亮女神。

查米恩	不是他，是女王。
克莉奥佩特拉	你们看见我的主君了吗？
艾诺巴勃斯	没有，夫人。
克莉奥佩特拉	他刚才不在这儿吗？
查米恩	不在，娘娘。
克莉奥佩特拉	他本来高高兴兴的，但突然 那股罗马劲儿 ¹ 上了他的心头。艾诺巴勃斯？
艾诺巴勃斯	娘娘？
克莉奥佩特拉	你去找找他，把他带到这儿来。　　　艾诺巴勃斯下 艾勒克萨斯呢？
艾勒克萨斯	在，谨遵娘娘吩咐。主上来了。

安东尼与一信差上

克莉奥佩特拉	我 ² 不要看到他；跟我走。

众人下。安东尼与信差留场

信差	你的妻子富尔维娅首先动武的。
安东尼	攻打我的兄弟卢基乌斯吗？
信差	是的， 可是那次冲突很快就平息了，当时形势的变化 让他们捐嫌修好，联合抵抗凯撒的攻击； 可是初次交锋，凯撒就大获全胜， 他们被赶出了意大利。
安东尼	好吧，还有什么最坏的消息？
信差	人们不爱听坏消息，进而憎恨那报告坏消息的人。
安东尼	只有傻子和懦夫才会这样。说下去！

1　原文中的 a Roman thought 指严肃的罗马思想，即罗马人关于美德和荣誉的观念。
2　王室成员用复数 we 指 I，即"我"。

已经过去的事，我不会再去理会。是这样：

只要讲真话，即使话里藏着死亡，

我也会像听人家的恭维话一样去聆听。

信差　　　拉别努斯 [1]——

这是很刺耳的消息——已经带着他的安息 [2] 军队

占领了亚细亚：沿着幼发拉底河岸，

他那胜利的旌旗，从叙利亚招展到

吕底亚和伊奥尼亚；可是——

安东尼　　　可是安东尼——，你是想说。

信差　　　啊，主上！

安东尼　　　有话就直说。舆论是怎么传扬的，你原封不动地告诉我；

罗马人是怎样称呼克莉奥佩特拉的，你就怎样称呼；

富尔维娅是用什么词句责骂我的，你就用什么词句；

用真理与敌意所具有的力量来尽情地

指责我的过失。噢，如果我们清醒的头脑

停止运转，就会丛生杂草；指出我们的过错，

就像是在田间耕耘。你暂且退下吧。

信差　　　遵命。　　　　　　　　　　　　　　　　　　*信差下*

另一信差上

安东尼　　　喂！从西锡安来的人带来了什么消息？前来报告！

信差乙　　　传来自西锡安的人——

安东尼　　　真有这样一个人？

1　拉别努斯（Labienus）是罗马叛将，在菲利皮之战（the Battle of Philippi）中布鲁图（Brutus）
　　和卡西乌斯（Cassius）失利后，叛逃到了安息。

2　安息帝国（the Parthian Empire）为古波斯地区的一个王朝，当时安息军队威胁着罗马帝国在
　　中东地区的扩张。

信差乙	他在听候传见!
安东尼	叫他进来。——　　　　　　　　　　　　　　信差乙下

我必须挣断这副坚硬的埃及镣铐，

否则我将在沉沦中迷失。——

另一信差执一信上

你是什么人？

信差丙	您的妻子富尔维娅去世了。
安东尼	她死在什么地方？
信差丙	在西锡安。

她抱病的经过，还有其他您该知道的

更严重的事情，都写在这封信里了。(向他呈上信)

安东尼	下去吧。——　　　　　　　　　　　　　　信差丙下

一个伟大的灵魂去了。我曾经是那样地期盼它发生：

旧时的种种怨恨，一朝人去身故，

又引起深深的悔忏；

现今的样样欢愉，一旦时过境迁，也变成浓浓的悲怆。

因为她死了，我才感念到她生前的好；

推拒过她的这只手又想把她拽回来。

我必须割断情丝，我必须挣脱

这个叫人神魂颠倒的女王；

我的怠惰和放纵埋下了千万种

意料不到的祸害，不独我听到的这几桩。——

艾诺巴勃斯上

喂！艾诺巴勃斯？

艾诺巴勃斯	您有什么吩咐，主帅？
安东尼	我必须赶快离开这儿。
艾诺巴勃斯	为什么？那我们就要了那些娘儿们的命啦。我们清楚，

一个绝情的举动对她们该有多么致命：要是见我们走了，她们不死给我们看才怪呢。

安东尼 我必须得走。

艾诺巴勃斯 要是迫不得已，那就让那些娘儿们去死 [1] 吧。虽然与一件大事相比，她们显得微不足道，但是，如果好端端地就把她们给踹了，未免有些可惜。那个克莉奥佩特拉只要听到一丁点儿风声，恐怕就会当场晕死过去；我可曾经看见她为了比这小得多的事 [2] 死过二十回呢。我想死神倒真是魅力劲足，跟她干那风流事儿，让她一下子就死过去了 [3]。

安东尼 她的狡狯 [4] 呀，男人永远捉摸不透。

艾诺巴勃斯 唉！主帅，不，她的激情完完全全是纯洁的爱情最精妙的部分 [5]。我们不能用叹息和眼泪来形容她的娇喘和津液：它们是历书上承载不下的狂风暴雨。这绝不是她的狡狯；如果是那样，她就同乔武 [6] 一样能呼风唤雨了。

安东尼 但愿我从未见过她。

艾诺巴勃斯 啊，主帅，那您就要错过这人间的尤物了，失去这般眼福，那您这样阅历丰富的行者 [7] 也是徒有虚名了。

安东尼 富尔维娅没了。

1　暗指达到性高潮。
2　原文中的 moment 与性高潮双关。
3　此处暗指性高潮。
4　原文中的 cunning（狡狯）与 cunt/con（阴道）谐音。
5　原文中的 part 暗指激起性欲的部位，阴道。
6　乔武（Jove）即朱庇特（Jupiter），古罗马人崇奉的能驱风召雨的最高天神；此处联想到乔武化作一场黄金雨洒落并渗进达娜厄（Danae）身体使其受孕。
7　原文中的 travel 与 travail 双关，即艰苦的劳动或分娩。

艾诺巴勃斯　　主帅，您说什么？

安东尼　　富尔维娅没了。

艾诺巴勃斯　　富尔维娅？

安东尼　　没了。

艾诺巴勃斯　　啊，主帅，赶快谢祭天神吧。天神是这人世间的裁缝，
如果他们把一个男人的妻子从这个男人身边夺走，那他
们就会给他安抚：旧袍穿破了，就会有家伙[1]做新的。要
是这个世界上仅有富尔维娅一个女人，那么您确实会承
受重大的打击[2]，悲伤至极也是可以理解。祸兮福[3]兮：您
的旧衫现在可以换来新衣[4]。洋葱头有的是，熏下的眼泪就
可以将这场悲哀浇熄。

安东尼　　可她在国内干下的那些事儿，
我不能不去处理。

艾诺巴勃斯　　您在这儿干下的事儿[5]，也少不得您啊；
尤其是克莉奥佩特拉的事，她可是一刻也离不开您。

安东尼　　不要再耍轻浮了。将我的意旨
传谕给部下。我要向女王
陈述我们必须拔寨远行的原因，
请她放我们远走。不仅仅因为
富尔维娅的死，还因为其他更迫切的事情
在声声召唤我；而且罗马的盟友们

1　原文中的 members 暗指阴茎。

2　原文中的 cut 除震动、打击外，还有阴道的意思。

3　原文中的 consolation 与 con（阴道）双关，此处暗含性福之意。

4　原文中的 smock 指女士内衣，petticoat 指女士裙子或衬裙；两者都暗指有性能力的女人。

5　艾诺巴勃斯扩展了安东尼口中 broachèd 的本意（"开始做"），此处含有"（阴茎）插入"之意。

也来信恳求我急速回国。塞克斯都·庞培 [1]

已经向凯撒发起挑战，他已掌控了

海上的帝国。我们那些见风使舵的民众，

从来不知道对在世的人感恩，

直到施恩者撒手人寰，于是他们开始把

庞培大帝的一切尊荣都追加在

他儿子的身上；名声显赫，位高权重，

加上与生俱来的高贵血统和身世，他

俨然成为雄霸一方的武士；要是

让他的势力不断扩张，整个世界

都会受到他的威胁。无数的变化

正在酝酿之中，水中的马毛

已显出小蛇的雏形 [2]，虽然有了生命，

毒齿还未生成。去通告我的部下，

传令全体准备，即刻动身。

艾诺巴勃斯　　　遵命。　　　　　　　　　　　　　　　　分头下

1　塞克斯都·庞培（Sextus Pompeius）是尤力乌斯·凯撒的手下败将庞培大帝（Pompey the Great）的小儿子。
2　指的是将一根马毛置于积水中就会变成一条蛇的说法，此现象为微生物吸附于马毛之上使它游动所致。

第三场 / 景同前

克莉奥佩特拉、查米恩、艾勒克萨斯与伊拉丝上

克莉奥佩特拉　他在哪儿呢？

查米恩　我后来一直没看见他。

克莉奥佩特拉　（对艾勒克萨斯）瞧瞧他在哪儿，跟谁在一起，干些什么事。

可不要说是听了我的使唤：要是

看见他不高兴，就说我在跳舞；要是他很愉快，

就禀报说我突然病了。快去快回。　　　　　艾勒克萨斯下

查米恩　娘娘，我想，您要是真心爱他，

使这一招是不能赢得

他的好感的。

克莉奥佩特拉　我还有什么招数没用上呢？

查米恩　事事都顺着他：别跟他闹别扭。

克莉奥佩特拉　傻瓜，你这是个馊主意，那才是要叫我失去他。

查米恩　不要过分刺激他。我希望您别这样：

人们对于他们所畏惧的人，日久难免心怀怨恨。

安东尼上

安东尼来啦。

克莉奥佩特拉　我身子不舒服，心绪很乱。

安东尼　我很抱歉，但是我不能不把我的打算说出来——

克莉奥佩特拉　搀我进去，好查米恩！我就要倒下了。

长时间这样可不行：我这身子呀，

恐怕就挺不住了。

安东尼　呃，我最亲爱的女王——

克莉奥佩特拉　　请你让我透透气。

安东尼　　　　　怎么啦？

克莉奥佩特拉　　瞧你那眼神，我就知道一定有什么好消息。

　　　　　　　　怎么，你那位原配夫人说你可以启程啦？

　　　　　　　　但愿她当初就没有允许你来这里。

　　　　　　　　不要让她说是我把你扣留在此地。

　　　　　　　　我做不了你的主：你是她的人。

安东尼　　　　　天神最清楚——

克莉奥佩特拉　　啊！从来不曾有过一个女王

　　　　　　　　遭受到如此的欺骗！不过从一开始

　　　　　　　　我就看出你有背叛的苗头。

安东尼　　　　　克莉奥佩特拉——

克莉奥佩特拉　　我凭什么相信你属于我，对我是真心的——

　　　　　　　　虽然你信誓旦旦惊动了神明——

　　　　　　　　可又是谁对富尔维娅变了心？荒唐之极呀，

　　　　　　　　我居然为你的那些口是心非的盟誓所惑，

　　　　　　　　发誓之初，便是毁誓之时！

安东尼　　　　　最亲爱的女王——

克莉奥佩特拉　　不，请你不必为离去找借口，

　　　　　　　　说声再见，便可上路。只有请求我留下你的时候，

　　　　　　　　你的这些花言巧语才能管用：你那时候可不想走。

　　　　　　　　我 [1] 的嘴唇和眼睛洋溢着永生的欢乐，

　　　　　　　　我弯弯的眉毛上书写着天堂的幸福：

　　　　　　　　我天生丽质，浑身散发迷人的气息。我的容颜未改，

　　　　　　　　只是你，这位全世界最伟大的武士

1　克莉奥佩特拉此处用王室人员使用的 our 自指，以提醒安东尼曾经对她的赞美。

已经蜕变成为最伟大的说谎者。

安东尼　　这是怎么啦，美人儿？

克莉奥佩特拉　但愿我也有你那样的尺寸 [1]：

让你知道埃及女王也有一颗豪迈的心。

安东尼　　听我说，女王：

时局动荡不安，我不得不暂时离开，

可是我的整颗心会继续与你

厮守在一起。我们的意大利

闪耀着内乱的剑影刀光；塞克斯都·庞培的大军

已经向罗马港口逼近。

国内两支旗鼓相当的军队

却在摩擦较劲 [2]：那些被憎恨的人，一旦势力强大起来，

便会成为人们的新宠；曾遭谴责的庞培，

依靠父亲的威名，迅速获得

当下不得志的政客们的倾心，

他们人数众多，气焰惊人，

承平日久，人心也会

静极生变。至于我自己，

也有叫你放心让我走的理由，那就是

富尔维娅死了。

克莉奥佩特拉　年龄的增长虽然改不掉我的迂腐，

却能免去我轻信人言的稚气。富尔维娅能死得了吗？

安东尼　　她死了，我的女王。（将信递给她）

看看这个，请你有空读一读这封信，就知道

1　暗指男性生殖器。

2　指屋大维·凯撒和雷必达之间为一些小摩擦产生派系纷争。

　　　　　　　她一手掀起了多大的风浪；最后，也是最好的，
　　　　　　　你还可以看看她死于何时，葬身哪里。

克莉奥佩特拉　啊，最负心的爱人！
　　　　　　　那盛满了你悲哀的泪珠的
　　　　　　　水晶瓶 [1] 呢？我现在明白了，我明白了，
　　　　　　　将来我死了，我就是她的翻版。

安东尼　　　　不要再争了，静静地听我说出
　　　　　　　我心中的打算；行或不行，
　　　　　　　我会考虑你的建议。凭着那给尼罗河畔的泥滩
　　　　　　　带来丰饶的骄阳起誓，我此番离去，
　　　　　　　仍然是你的兵士和仆人，
　　　　　　　或和或战，都依从你的意旨。

克莉奥佩特拉　解开我的衣带，查米恩，赶快！
　　　　　　　可是由它去吧：我的病来也快，去也快，
　　　　　　　它就像是安东尼对女人的爱。

安东尼　　　　我的宝贝女王，可别说这种话，
　　　　　　　你给我一个机会，证实我的爱之真诚，
　　　　　　　能够经受严峻的考验。

克莉奥佩特拉　富尔维娅已经给了我教训。
　　　　　　　请你转过身去，为她哀哭；
　　　　　　　然后再向我告别，说那些眼泪是
　　　　　　　为埃及女王而流。来呀，扮演一幕
　　　　　　　绝妙的假戏，让它瞧上去
　　　　　　　惟妙惟肖，就像真的一样。

安东尼　　　　你要把我气恼了，别再说了！

1　此处指泪壶，古罗马人将其放置于坟墓中，用以盛装送葬者眼泪。

克莉奥佩特拉	你本可做得更好一些，不过就这样也相当不错了。
安东尼	好，凭着我的宝剑——
克莉奥佩特拉	和盾牌起誓[1]。他越讲越来劲了，
	可最好的还在后面。瞧，请你瞧，查米恩，
	这位罗马大力神[2]的怒相
	有多么逼真、多么气派。
安东尼	我得离开你了，女王。
克莉奥佩特拉	多礼的主帅，一句话：
	阁下，你我必须要分离，不，不是这么说；
	阁下，你我曾经相爱过，不，也不是这么说：
	总之，你心知肚明。我想要说的话是：
	噢！我的健忘正像十足的安东尼，
	把什么都忘了个干干净净。
安东尼	若非陛下
	将闲谈据为己有，我倒看你
	是闲谈的范儿。
克莉奥佩特拉	克莉奥佩特拉要是有那么好的范儿，
	她就不会这样汗流满面，
	犹如分娩。可是，阁下，原谅我吧，
	我已心痛欲裂，因为我的一举一动
	都不入你的法眼。你的荣誉在呼唤你离去：
	所以对于我微不足道的痴心哀求，
	你可充耳不闻。愿神明与你同在！
	你的剑端挑着胜利的桂冠，

---

1 克莉奥佩特拉接过安东尼的话，使之成为更富戏剧性的咒誓，谈话因而也变得咄咄逼人。

2 安东尼家族声称是古希腊大力神赫剌克勒斯（Hercules）的后裔。

凯旋的沿途花朵绚烂[1]！

安东尼 让我走吧。来：

我们虽然分开，实际上并没有分离；

你人在这里，心却随我驰骋疆场；

我离开这里，心却留下与你做伴。

走吧！　　　　　　　　　　　众人下

第四场 / 第二景

意大利，罗马

屋大维·凯撒读信上，雷必达及他们的扈从随上

凯撒 你现在该明白了吧，雷必达，今后你会知道

凯撒可没有天生的恶性去嫉恨

我们伟大的同僚。从亚历山大

传来消息：他垂钓，纵饮，享乐，

彻夜不休。一点不比克莉奥佩特拉

多一些男子气；托勒密王朝的女王[2]

也不比他更有女人味。他既不接见信差，

也不屈尊理会昔日共事的同僚。

1　在罗马，凯旋的将军戴着桂冠，沿途撒满花朵，铺着花毯。

2　遵循埃及王室的传统，克莉奥佩特拉先是嫁给她的大弟弟托勒密十三世（Ptolemy XIII），两人共治埃及，后来因他意外溺水身亡，又与她的小弟弟托勒密十四世（Ptolemy XIV）结婚。人们认为托勒密十四世后来被克莉奥佩特拉毒死。

　　　　　　　凡是众人所能犯的种种毛病，
　　　　　　　都可在他身上发现。

雷必达　　　我倒不会就此认为他的这些缺点，
　　　　　　　就可以掩盖他的全部优点：
　　　　　　　他的过失就像那天上的星辰，
　　　　　　　在夜空的衬托下显得格外璀璨；
　　　　　　　它们与生俱来，而非后天养成，
　　　　　　　他是无法改变，而非存心如此。

凯撒　　　你未免太宽容了。
　　　　　　　躺在托勒密女王的床上淫乱，
　　　　　　　为了一时行乐而放弃江山，
　　　　　　　和卑贱的奴才对坐轮流把盏，
　　　　　　　白昼里酒气熏天醉步过市，还与浑身汗臭的小人
　　　　　　　斗殴推搡，让我们暂且承认这种种恶行、斑斑劣迹
　　　　　　　都算不上是他的恶习；就算这就是他的秉性——
　　　　　　　即使他这举世稀有的性情能不因这些秽行而减色——
　　　　　　　我们也绝不能宽恕他这不知羞耻之举，
　　　　　　　因为他的轻佻我们才扛上沉重的负荷。
　　　　　　　假如因为闲散，就用酒和女人来打发时光，
　　　　　　　那么即使过度的淫乐掏空了他的骨髓，
　　　　　　　也是他自作自受。可是在多难之秋，
　　　　　　　他和我们的处境在大声疾呼，战鼓
　　　　　　　要将他从纵欲中唤醒。如果他依然执迷，
　　　　　　　就像该明事理的孩子，不服管教，
　　　　　　　因为贪玩而不思长进，
　　　　　　　我们就必须要给他严厉的教训。

一信差上

雷必达　又有消息来了。
信差　您的命令已经执行，最尊贵的凯撒，
　　　　每小时您都可以听到海外的报告。
　　　　庞培的海上势力十分强大，
　　　　因畏惧才向凯撒低头的人
　　　　似乎都对他爱戴有加；不满意现状的人
　　　　也来到海边投奔他，
　　　　人们都说是罗马亏待了他。
凯撒　此情我应该早就料到。
　　　　有史以来这情形便是如此，
　　　　一个人未当权在位之时，为众人拥护，
　　　　一旦权力在握，便不再受欢迎；
　　　　受尽冷眼的失势英雄，正因为倒下了，才又受到众人慕爱。
　　　　民众就像漂浮在水上的芦苇，起伏不定，
　　　　如仆人般随波逐流，直到在涌动的水流中
　　　　湮灭腐烂。

另一信差上

信差乙　凯撒，我有事情禀告。
　　　　茂尼克拉提斯和茂那斯，两位江洋大盗，
　　　　掠集了形形色色的船只，在海上
　　　　胡作非为。他们屡屡侵犯
　　　　意大利本土；沿海居民闻风丧胆，
　　　　年轻壮丁被掳持入伙，协同作乱；
　　　　船舶才扬帆离港，就被截获；
　　　　因为他们只要一提起庞培的名字，
　　　　就可以所向无敌。

凯撒	安东尼,
	抛开荒唐的声色淫乐吧。
	你曾在摩德纳杀死希尔提乌斯和潘萨两个执政,
	当你被驱逐出境的时候,
	饥饿与你为伴;虽然你被娇生惯养,
	但靠着无比的毅力,忍受了
	野蛮人都惧怕的苦难。你饮下
	漂着黄渣的马尿,那畜生也为之恶心的污水;
	荒野中粗涩的浆果,你也把它当作佳肴琼浆;
	你甚至像觅食的牡鹿,出没在白雪皑皑的牧场,
	啃着树皮充饥;在阿尔卑斯山的顶上,
	旁人看一眼就会吓死的怪味肉,
	据说你照吞不误:所有这一切——
	旧事重提,可能会有伤你的声誉——
	可当时你的确是百折不挠的战士,
	你历经磨难,可脸上仍然神采奕奕,
	丝毫不曾显露出一丝丝憔悴的痕迹。
雷必达	我为他惋惜。
凯撒	但愿他自己能感到惭愧,
	赶快回到罗马来。现在我们两个
	必须披挂上阵,为此我们应该
	召开紧急会议,决定应战方略。
	如果我们碌碌无为,庞培的势力会越加强大。
雷必达	凯撒,明天
	我就可以准确地告诉你
	我能够调动多少海陆双方的军力,
	来应对当前的局势。

凯撒	在我们会师前，
	我也得去部署一下。那么明天见。
雷必达	明天见，阁下。
	要是你听见外面有什么事端，
	请你通知我一声。
凯撒	那是一定的，阁下，
	我知道那是我的义务。 众人下

第五场 / 第三景

亚历山大

克莉奥佩特拉、查米恩、伊拉丝与玛狄恩上

克莉奥佩特拉	查米恩！
查米恩	娘娘？
克莉奥佩特拉	（打哈欠）哈，哈。
	给我喝一些曼陀罗汁[1]。
查米恩	为什么，娘娘？
克莉奥佩特拉	我的安东尼离去了，
	让我把这一段漫长的时间昏睡过去吧。
查米恩	您太想念他了。
克莉奥佩特拉	啊，这个叛徒！

---

1 曼陀罗汁具有很强的麻醉效果。

查米恩	娘娘，我想一定不是这样的。
克莉奥佩特拉	你，太监玛狄恩！
玛狄恩	陛下有何吩咐？
克莉奥佩特拉	我现在不想听你唱歌 [1]。一个太监
	有的玩意儿都无法讨我欢喜：
	好在你被净了身，再也不会
	胡思乱想，让那一颗心飞出埃及。你也有爱情吗？
玛狄恩	有的，仁慈的娘娘。
克莉奥佩特拉	真的？
玛狄恩	真的不行 [2]，娘娘，我什么也干不来，
	除了老老实实的事儿之外；
	不过我还是有强烈的欲望，常常想起
	维纳斯和玛尔斯所干的事 [3]。
克莉奥佩特拉	啊，查米恩！
	你想他现在是在什么地方？站着还是坐着？
	他在走路吗？还是骑在骏马上？
	啊，幸福的马儿啊，你能够把安东尼驮在你的身上！
	振作啊，马儿，你可知道谁在驾驭着你？
	他是支撑着半个世界的巨人 [4]，
	他是全人类的干戈甲胄 [5]。他现在在说话，
	或喃喃有词，"我那古老的尼罗河畔的花蛇呢？"

1 在文艺复兴时期，宫廷中雇佣专门的阉人歌手。此处为作者年代误植。

2 原文中的 in deed 暗指性行为，与上文克莉奥佩特拉所说的 indeed 呼应。

3 罗马神话中爱神维纳斯和战神玛尔斯之间有过富有激情的不伦之恋。

4 原文中的 Atlas 即阿特拉斯，是希腊神话中受罚以双肩掮天的巨人。克莉奥佩特拉无视雷必达，认为除屋大维外，只有安东尼是支撑半个世界的巨人。

5 此处喻指捍卫国家的将士。

他就是这样叫我的。现在我在用最美味的毒药

陶醉自己。想想这样的我：

福玻斯[1]火热的眼神将我灼得浑身黝黑，

时间已经在我的额上刻蚀下了深深的皱纹。

宽额广颐的凯撒[2]啊，当年你大驾光临此地，我还是

秀色可餐的尤物，即便伟大的庞培[3]

也会站定，死死地盯着我的脸蛋儿，

好像要把眼光一直定格在那里，

看着他那生命之所在，直到死去[4]。

艾勒克萨斯自安东尼处来

艾勒克萨斯　　埃及的女王，万岁！

克莉奥佩特拉　你和马克·安东尼相差好远啊！

　　　　　　　不过，你打他那儿来，

　　　　　　　那炼金药[5]把你也镀了一层金。

　　　　　　　我的勇敢的马克·安东尼怎样啦？

艾勒克萨斯　　亲爱的女王，他所做的最后一件事就是

　　　　　　　亲吻了——无数次热吻之后的最后一吻——

　　　　　　　这颗东方之珠。他的话牢牢地粘在我的心头。

克莉奥佩特拉　那我的耳朵一定要把它揭下来。

艾勒克萨斯　　"好朋友，"他说，

　　　　　　　"你去说，坚贞的罗马人把这蚌壳里的珍宝

　　　　　　　献给伟大的埃及女王。这礼物菲薄，

1　福玻斯（Phoebus）是希腊及罗马神话中的太阳神。

2　克莉奥佩特拉与尤力乌斯·凯撒曾有一段风流韵事。

3　此处指庞培大帝之子格奈乌斯·庞培（Gnaeus Pompey），亦传说曾与克莉奥佩特拉有私。

4　暗指被欲望吞噬或达到性高潮。

5　原文中的 great med'cine 是炼金术术语，指能把贱金属变成黄金的一种炼金药。

但作为补偿，我会为她征服无数的王国，
让它们在她富饶的王座之下臣服纳贡。整个东方，
你去说，都要俯首称她为女王。"于是他点了点头，
很庄严地跨上了一匹久经沙场的骏马；
我虽然还想对他说话，可是那马儿震耳的长嘶，
把一切声音都给盖住了。

克莉奥佩特拉 啊！他是忧愁的还是快乐的？
艾勒克萨斯 就像在酷暑和严寒之间的时光，
他既不忧愁也不快乐。
克莉奥佩特拉 多么平和沉稳的性格呀！你瞧他，
你瞧他，好查米恩，这就是他；可是你瞧他。
他并不忧愁，因为他要把他的光彩照耀到
那些仰视他的人们的脸上；他并不快乐，
那似乎是告诉他们他的眷念和欢乐
都留在了埃及；可是在这两者之间，
啊，混合得天衣无缝！无论忧愁还是快乐，
你表现得总是那么相宜，
这别人可都无法做到。——你碰见我的信差了吗？
艾勒克萨斯 是的，娘娘，前后有二十几个送信的人。
您为什么接连不断地送信呢？
克莉奥佩特拉 谁要是在我忘记
送信给安东尼的那一天出生，
他一定会因贫困潦倒而死。拿纸墨来，查米恩。
欢迎，我的好艾勒克萨斯。查米恩，我曾经
这样爱过凯撒吗？
查米恩 噢，那勇敢的凯撒！
克莉奥佩特拉 再说这恭维话，就让它噎死你！

你应该说，"勇敢的安东尼"。

查米恩　　英武的凯撒。

克莉奥佩特拉　　我对伊西斯女神起誓，你要是再敢
把凯撒的名字和我那英雄中的英雄相提并论，
我就要打得你满口出血了。

查米恩　　请您开恩恕罪，
我不过把您说过的话照样说说罢了。

克莉奥佩特拉　　那时候我还稚嫩青涩，
没有谙熟世事，还没有火一样的激情[1]，
才会说那样的话。但是来，我们走吧，
把墨水和信纸给我拿来。
他将每天收到一封问候的信，
哪怕我将全埃及的人遣得一个都不剩。　　　　　众人下

---

1 亦指性欲。

第二幕

第一场 / 第四景

西西里

庞培、茂尼克拉提斯与茂那斯上，作临敌状

庞培　　　　如果伟大的天神们是公正无私的，

　　　　　　　他们一定会对最正直的人鼎力相助。

茂尼克拉提斯　您可要知道，尊贵的庞培，

　　　　　　　天神的眷顾姗姗来迟，但不是横加拒绝。

庞培　　　　当我们还在向神明祈祷的时候，

　　　　　　　我们心中的希望也走向朽灭。

茂尼克拉提斯　我们自己并不知道，

　　　　　　　所祈求的往往是有损无益；

　　　　　　　明智的天神加以拒绝，恰是成全我们：

　　　　　　　我们虽不能心遂意愿，却会因此受惠。

庞培　　　　我一定能干得漂亮：

　　　　　　　人民这样拥戴我，海洋的控制权在我手中；

　　　　　　　我的势力正像一轮新月，满载着希望，

　　　　　　　最终会变成满月当空。马克·安东尼

　　　　　　　正在埃及宴饮交欢，那架势分明就是免战；

　　　　　　　凯撒在哪儿搜刮民财，便在哪儿散失民心；

　　　　　　　雷必达两面讨好，那两人也以虚假回报，

　　　　　　　其实他对他们两人并无好感，

　　　　　　　他们两人也不把他放在心上。

茂那斯	凯撒和雷必达已经上了战场；
	他们带领的军队兵强马壮。
庞培	你从何处得来的消息？这不是真的。
茂那斯	西尔维乌斯说的，主帅。
庞培	他在做梦。我知道他俩都在罗马，
	在等候着安东尼。淫荡的克莉奥佩特拉呀，使出你
	浑身上下的媚劲儿，让爱情的魔力浸润你褪色的朱唇！
	让妖术和妩媚联姻，再加上淫欲，
	把那迷途浪子围困在酒色筵席中：
	让他的头脑终日昏沉迷糊；
	让名厨用吃不厌的调味汁刺激他的食欲，
	因为女色与美酒可以令他漠视名誉，
	沉湎于遗忘之河 [1]——

瓦里厄斯上

	什么事，瓦里厄斯？
瓦里厄斯	我要报告一个非常可靠的消息：
	马克·安东尼随时都会抵达罗马。
	他早已离开埃及，算起日子来
	应该早到了。
庞培	我倒宁愿听不那么可靠的消息。
	茂那斯，我原以为这位好色之徒不会
	为了这样一场小小的战争
	而披甲戴盔。论军事才干，
	那两个人 [2] 加起来也赶不上他。

1　遗忘之河（Lethe）是古希腊神话中冥府的一条河流，饮其水者会完全忘记过去。
2　指屋大维·凯撒和雷必达。

不过我们也可引此为豪了：我们的行动
居然能够把沉溺女色的安东尼
从那埃及寡妇[1]的怀中惊醒。

茂那斯　我倒认为
凯撒和安东尼未必能够同舟共济；
他已故的妻子曾经得罪凯撒，
他的兄弟也和凯撒动过兵器，
尽管这些都不是安东尼主使。

庞培　我不知道，茂那斯，
他们大敌当前，会不会捐弃前嫌。
若不是我兴兵讨伐他们三人，
他们大概会同室操戈，反目火并；
因为他们心存积怨，随时可能
兵戎相见。但是出于对我们的恐惧，
他们会如何弥补裂痕，
如何收起不和，我们无法预见。
一切让神明做主！我们的成败存亡，
取决于我们能不能使出最强大的力量。
来，茂那斯。　　　　　　　　　　　众人下

1　克莉奥佩特拉是托勒密十四世的遗孀。

第二场　　/　　第五景

罗马

艾诺巴勃斯与雷必达上

雷必达　　　　好艾诺巴勃斯，一件功德无量的事

由你来做非常合适：求求你家主帅，

在说话方面尽量客气委婉一些。

艾诺巴勃斯　　我会请求他

以符合自己身份的方式说话：要是凯撒

激恼了他，就让安东尼扬起高傲的头颅，

发出像战神玛尔斯一样的怒吼。

凭着朱庇特起誓，要是我的脸上蓄着安东尼的胡子，

我今天就绝不会刮胡子修面[1]！

雷必达　　　　现在不是闹私人意气的时候。

艾诺巴勃斯　　要是有人为私人意气找茬，

那随时都得奉陪呀。

雷必达　　　　可要是大事临头，小事就得往一边搁。

艾诺巴勃斯　　如果小事捷足先登，那就得另当别论。

雷必达　　　　你说话感情用事，有些冲动啊；

可是请你不要煽动情感的余烬。

尊贵的安东尼来了。

安东尼与文提狄厄斯上

艾诺巴勃斯　　凯撒也打那边来了。

1　为试探凯撒是否有胆量把安东尼的胡子拔掉，以此来侮辱他。

凯撒、梅西纳斯与阿格里帕上

安东尼　　　要是我们的争端在这儿得以解决，你就到安息去。

　　　　　　　听着，文提狄厄斯。（两人一旁交谈）

凯撒　　　　我不知道，梅西纳斯，问阿格里帕。

雷必达　　　尊贵的朋友们，

　　　　　　　把我们召集在一起的事情非常重要，

　　　　　　　让我们不要因为一些琐事而分道扬镳。

　　　　　　　有什么不痛快的事情，不妨平心静气地道说。

　　　　　　　要是为了一点小小的分歧而怒目相向，

　　　　　　　那无异于往将要愈合的伤口上再来一刀。

　　　　　　　所以，尊贵的同僚们，我格外诚恳地请求，

　　　　　　　即便谈话触到最痛处时，也要用最友好的言辞，

　　　　　　　切勿意气用事，闹得不可开交。

安东尼　　　说得在理：

　　　　　　　即使我们现在兵戎相见，大战在即，

　　　　　　　也应该保持这样的风度。（喇叭奏花腔）

凯撒　　　　欢迎你回到罗马来。

安东尼　　　谢谢你。

凯撒　　　　请坐。

安东尼　　　请坐，阁下。

凯撒　　　　那么我不客气了。（凯撒坐下，安东尼随后坐下）

安东尼　　　听说你为了一些捕风捉影的事儿，或是

　　　　　　　与你毫不相干的事儿，心里不大痛快。

凯撒　　　　如果是无缘无故，或是小题大做地生气，

　　　　　　　那我一定会遭人嘲笑；尤其是生你的气的话，

　　　　　　　那就是在跟我自己过不去。当事情根本与我无关，

　　　　　　　毫无必要提及你的大名的时候，

	我却好端端地要拿它来诋毁，
	那岂不更是授人以笑柄了吗？
安东尼	我待在埃及，凯撒，
	这跟你有什么干系？
凯撒	本来你在埃及，就跟我在罗马一样，
	大家各不相干；可是假如你在那边
	图谋动摇我的地位，那可能
	就是一件与我息息相关的事了。
安东尼	你说的"图谋动摇"是什么意思？
凯撒	你只要看看我在这儿遇到的麻烦，
	就可以明白我的意思。
	你的妻子和兄弟都先后向我宣战，
	师出有名，打的全都是你的名号。
安东尼	你确实是弄错了。我的兄弟绝对没有
	盗用过我的名义：我暗中调查过，
	从几个曾经和你并肩作战的人嘴里
	得到了证实。他不是把你我
	都不放在眼里嘛。他此番出兵，
	也引起我的反感，难道我们的立场
	还有什么不一样？我已写信
	向你陈述此事，你若有意寻仇，
	应该找一个更加充分的理由，
	这样的借口无法令人接受。
凯撒	你倒把责任推脱得一干二净，
	反而把我说得是不义不仁。
	但是你这拼凑出来的借口也太牵强了吧！
安东尼	不是这样，不是这样：

我相信，我有把握，你一定不会
想不到，他既然把我们俩
同时作为攻击的目标，
我绝不可能对他的犯乱行为加以赞赏。
说到我的妻子，希望阁下的夫人
也有那般的凶悍与霸气：
三分之一的世界在你的脚下，你可以轻易地把它治理，
让它驯服；可你永远驾驭不了这样一个妻子。

艾诺巴勃斯 要是我们大家伙儿都有这样的妻子，那么男人和女人就
可以开战了！

安东尼 这个无药可救的女人，凯撒，
由于她那火性子引起的骚动——
她也很工于心计——我承认，确确实实
给你添了很大的麻烦，很抱歉。
可你得原谅我，我也实在拿她没辙。

凯撒 你在亚历山大酗酒寻欢的时候，
我曾给你写信；你却不屑一顾，把我的信
往口袋里一塞，还在好一顿奚落之后，
把我的信差当庭赶了出来。

安东尼 阁下，
当时是他没有等我传见，就自行闯到了我的面前。
那时候我刚刚宴请过三个国王，头脑
也不像早上那般清醒。可是第二天
我就当面向他解释，那也等于是
向他道歉了。别让这微不足道的家伙
作为我们争论的焦点：我们即使反目，
也不要拿他来做敷衍。

凯撒	你已经破坏了 自己的盟约，而我永远不会 让你有借口拿这个罪名来指责我。
雷必达	客气一点，凯撒！
安东尼	不，雷必达，让他说吧。 这是攸关荣誉的大事，如果像他这样说， 我就是一个不讲信义的小人了。但是，说吧，凯撒： 我背弃了哪一条誓约——
凯撒	当我向你求援时，你既没有借我兵器， 又没有举兵相援。这可是我们有约在先的。
安东尼	准确地说，那是一时疏忽： 当时也不知道中了什么邪， 忘记了自己的责任。我愿意向你竭诚赔罪； 但我的坦诚可不能有损我的威严； 失去了威严，我便无法发号施令。 事实的真相是，富尔维娅为了 逼我离开埃及，便在此地发动了战争。 虽然我是十分无辜的，但事情毕竟是因我而起， 所以，在我的名誉不受损害的范围之内， 我恳请你多多包涵。
雷必达	这话说得漂亮。
梅西纳斯	请你们两位把旧账一笔勾销； 摒弃前嫌就说明你们 看清了当前形势，需要的是 合力同心，团结一致。
雷必达	说得有理，梅西纳斯。
艾诺巴勃斯	或者，你们俩暂且言归于好，待庞培的名字不再被人提

	起，你们再掉过头来，把旧事重提：到那时，你们尽管
	去争吵好了，时间有的是，不急。
安东尼	你只是一个打仗的。别再胡扯。
艾诺巴勃斯	真话是不该说出口的，我差点儿忘了。
安东尼	你伤了在座各位的和气，所以不要多说了。
艾诺巴勃斯	好吧，好吧！我是您的一块唯命谨遵的石头。
凯撒	我倒不反感他的言语，只是
	他说话有些粗莽；要是我们的行动
	如此不合拍，维系长久的友谊
	便是痴心妄想。不过，如果我知道
	有什么好的法子可以让我们彼此心无芥蒂，
	即使追寻到海角天涯，我也会十分乐意。
阿格里帕	容我插一句话，凯撒。
凯撒	说吧，阿格里帕。
阿格里帕	你有一个同母姐姐[1]，
	芳名远播的屋大维娅；而伟大的马克·安东尼呢，
	现在也是孤身一人哪。
凯撒	不要这样说，阿格里帕：
	要是给克莉奥佩特拉听见了，
	你少不了招来一顿臭骂。
安东尼	我现在是单身一人，凯撒；让我听听
	阿格里帕有什么话说。
阿格里帕	为了使你们保持永久的和睦，
	为了让你们成为亲密的兄弟，
	用一个紧紧的结把你们的心拴系在一起，

1　历史上，屋大维娅实与屋大维同父同母。

让安东尼娶屋大维娅为妻吧；她的美貌配得上
天下绝顶一流的男子，
她的贤淑和优雅胜过
世间所有的赞誉。通过缔结这段姻缘，
一切貌似重大的猜忌，
一切因目前的危机所产生的种种恐惧，
便可一扫而空。这会儿，道听途说的传闻
都被当作真事；到时候，真事也成了传闻，
她对你们的爱一定会增进
你们俩的情谊。请恕我冒昧提出这个建议；
我不是心血来潮信口开河，而是经过反复思考，
这也是我应尽的职责。

安东尼 凯撒有什么可说的吗？

凯撒 我得先听听安东尼
对这番话有什么见解。

安东尼 要是我说，"阿格里帕，照你的话办吧"，
阿格里帕有什么本事
可以让它成真呢？

凯撒 凯撒有这样的本事，凯撒
有权力替屋大维娅做主。

安东尼 但愿心想事成，
希望这件好事不会受到阻碍！
把你的手给我。
促成这桩美事吧，从现在起，
让兄弟的友爱萦绕我们的心头，
支配我们宏伟的将来！

凯撒 这儿是我的手：（两人紧紧握手）

我把一个姐姐托付给你，从没有一个弟弟
像我一样深爱姐姐。就让她的一生系连
我们的王国和我们的心，让我们永远不要
心怀诡异，再行叛离！

雷必达　太美好了，阿门！

安东尼　我不想立即拔剑向庞培宣战，
因为他最近对我献上了少有的殷勤[1]。
我必须先答谢他的盛情，
免得被他指责我失礼；
然后再向他兴师问罪。

雷必达　刻不容缓。
倘若我们不立刻去找庞培，
他就要找上门来了。

安东尼　他驻扎在什么地方？

凯撒　在米塞纳山[2]附近。

安东尼　他在陆地上的兵力怎样？

凯撒　很强大而且每天都在扩充；但是在海上，
他已经拥有绝对的优势。

安东尼　外边的传言是这样的。
我们能早些时候商量就好了！事不宜迟，
不过，在我们披上盔甲以前，先把
刚才所说的事情处理一下。

凯撒　我非常乐意，
现在就请你去见见我的姐姐，

1　指安东尼的母亲同妻子富尔维娅逃离意大利时，庞培曾以礼相待。

2　原文中的 Mount Misena 即米塞努姆（Misenum），意大利南部海港。

	我这就带你去。
安东尼	一块儿去吧，雷必达，我们少不了你作陪。
雷必达	尊贵的安东尼， 即便有病我也要持杖紧紧追随。

　　　　　　喇叭奏花腔。众人下。艾诺巴勃斯、阿格里帕、梅西纳斯留场

梅西纳斯	欢迎你从埃及回来，阁下。
艾诺巴勃斯	凯撒的心腹，可敬的梅西纳斯！我的高贵的朋友，阿格里帕！
阿格里帕	好艾诺巴勃斯！
梅西纳斯	结局如此圆满，真是可喜可贺。你在埃及的那段日子过得可是舒畅吧？
艾诺巴勃斯	是的，阁下，我们的确白天睡得天昏地暗；夜里灯火阑珊，个个把盏敬酒，喝个不停。
梅西纳斯	听说你们一顿早餐吃了八只烤野猪，当时只有十二个人，可真有这回事吗？
艾诺巴勃斯	这不过好比是山鹰旁的一只苍蝇而已；我们还有更惊人的豪宴，那才叫蔚为大观，令人咋舌呢。
梅西纳斯	她是一位雍容华贵的女子，要是传言没有过分夸张的话。
艾诺巴勃斯	在锡德纳斯河[1]上，她第一次遇见马克·安东尼的时候，就把他的心掏去，放在自己的荷包[2]里，据为己有了。
阿格里帕	我也听说他们是在那儿会面的，场面很宏大，要是传话的人没有随意编造的话。
艾诺巴勃斯	让我告诉你们吧。

---

1 锡德纳斯河（Cydnus），今塔尔苏斯河（Tarsus Cay），并非在埃及，而是在土耳其南部奇里乞亚（Cilicia）地区。
2 原文中的 pursed 指据为己有，此处带有性暗示，purse 暗指阴道。

> 她乘坐的那艘画舫就像一尊发光的宝座，
> 映在水面上像一团熊熊燃烧的烈火；
> 艉楼是用黄金铸造的，船帆是紫色的，
> 熏染的香氛，逗引得风儿也害起了相思；
> 船桨是银色的，和着笛声的节奏
> 在水面拍打 [1]，似乎感染了痴心的水波，
> 加快速度，紧追不舍。至于她本人，
> 美得简直无法形容：她斜卧在
> 用金线织成的锦绸幔帐之内，比画家笔下
> 栩栩如生的维纳斯女神还要娇艳；
> 在她两旁站着脸蛋儿上带酒窝的小童，
> 就像一群微笑的丘比特 [2]，手里执着
> 五彩缤纷的羽扇，扇出来的凉风，
> 本来是要吹拂她柔嫩的面庞，反而使得她的
> 双颊变得格外妖艳绯红 [3]。

阿格里帕　啊！安东尼能见到这样一位美人，真是罕有的福气！

艾诺巴勃斯　她的侍女们，就像海中神女 [4]，
> 一群海上的仙子。她的每一个眼神
> 都让她们如众星捧月般尽心服侍；
> 她们那窈窕俯身之姿让眼前的景象美轮美奂。
> 一个鲛人装束的女郎在把舵，光滑的帆具

1　原文中的 strokes 指划桨、抚摸或拍打，此处暗指性爱暴力。

2　丘比特（Cupid）是罗马神话中的爱神，维纳斯和墨丘利（Mercury）之子，且往往被塑造为男童的形象。

3　暗指由性爱产生的兴奋使双颊绯红。

4　海中神女（the Nereides）是古希腊神话中的海上仙女，海神涅柔斯（Nereus）和多里斯（Doris）的 50 个女儿。——译者附注

　　　　　　　在那纤纤玉手灵巧的拨弄下，鼓胀了起来 [1]。

　　　　　　　奇妙的幽香从船身散发出来，

　　　　　　　在附近的河岸弥漫，引来倾城的百姓

　　　　　　　朝着女王瞻望。安东尼

　　　　　　　则独自坐在广场，对着空气吹口哨；

　　　　　　　那空气若不是害怕给苍穹留下真空，

　　　　　　　也会赶去一览克莉奥佩特拉的风采，

　　　　　　　给天地间留下一道缝隙。

阿格里帕　　　罕有的埃及女王 [2]！

艾诺巴勃斯　　待她登上了岸，安东尼派人去迎接，

　　　　　　　邀请她共进晚餐；她的回答是：

　　　　　　　他做她的客人更好，于是请他进宫赴宴。

　　　　　　　我们谙熟礼仪的安东尼，从来不曾

　　　　　　　在一个女人面前说过一声"不"，

　　　　　　　梳洗打扮了十余次，方才前去赴宴；

　　　　　　　仅仅是为了那秀色可餐的眼福，他付出了一颗心，

　　　　　　　作为那筵席的代价。

阿格里帕　　　这带王冠的风流娘儿们！

　　　　　　　她竟能够让伟大的凯撒 [3] 解下佩刀 [4]

　　　　　　　弃在床旁。他播种，她便结出了果实 [5]。

艾诺巴勃斯　　我有一次看见她

1　此处暗指阴茎的勃起。

2　原文中的 Egyptian 或作乎解，因它亦可被理解为 gipsy（吉卜赛人的）的同义词；且埃及人
　　和吉卜赛人都与魔法和巫术相关联。

3　此处指尤力乌斯·凯撒。

4　暗指放弃军人的职责，或释放性欲。

5　克莉奥佩特拉与尤力乌斯·凯撒育有一子，即凯撒里昂（Caesarion）。

奔跳着过大街，才四十步光景，
就气喘吁吁；一边说话，一边娇喘，
那神情倒也是一番楚楚动人，
在她断断续续的言语里，透着一股子妩媚。

梅西纳斯　现在安东尼得把她完全割舍了。

艾诺巴勃斯　永远不会！他不会抛弃她。
岁月不能催她衰老，习惯也不会
让她那无穷的变化趋于平淡；别的女人
日久会让人生厌，她不一样，越是给人满足，
越是让人心生贪婪。最丑陋的事物
一沾上她也会变得美好；即使在放荡淫乱之时，
神圣的祭司也会为她送上别样的祝福。

梅西纳斯　要是美貌、智慧和德行可以让
安东尼的心安稳下来，他理想的
贤内助一定是屋大维娅。

阿格里帕　我们走吧。
好艾诺巴勃斯，在此地逗留期间，
请你做我的客人。

艾诺巴勃斯　多谢你的好意，阁下。　　　　　　众人下

第三场 / 景同前

凯撒、安东尼与屋大维娅上，后者居于前二者之间

安东尼　　　这世界的风云和我重要的职务，
　　　　　　让我有时不得不离开你的怀抱。

屋大维娅　　当你离去的时候，
　　　　　　我会长跪在众神之前，
　　　　　　为你默默祈祷。

安东尼　　　晚安，阁下。我的屋大维娅，
　　　　　　不要从世人的传闻中听信我的缺点：
　　　　　　我过去诚然有些行为不检，可今后，
　　　　　　一定会规规矩矩。晚安，亲爱的夫人。

屋大维娅　　晚安，将军！

凯撒　　　　晚安！　　　　　　　　　凯撒与屋大维娅下

算命人上

安东尼　　　喂，你这家伙[1]，我问你，你希望回到埃及去吗？

算命人　　　我希望我从没有离开过埃及，也希望您从没有到过那里。

安东尼　　　如果你有理由，说说看。

算命人　　　我心中明白，但是说不出口。
　　　　　　但总之，您还是赶快回埃及去吧。

安东尼　　　告诉我，谁的命运会更强盛，
　　　　　　是凯撒的，还是我的？

算命人　　　凯撒的。

1　原文中的 sirrah 即 sir，用于指社会地位不及自己者。

所以，安东尼呀，不要留在他的身旁：

只要凯撒的守护神不在场，

保护您的神灵就高贵、勇敢、一往无敌。

但是一挨近凯撒，您的守护天使

就黯然失色，好像被他的遮掩了一般。

所以，您最好离他远一点。

安东尼　　　不要再说这些了。

算命人　　　这些话我只对您一人说，别人面前我再不提起。

无论跟他玩什么游戏，您都必输无疑；

因为他天生幸运，即便您本领再高强，

他也会把您打败击沉。凡是有他的光辉闪烁，

您的星途注定黯淡。我再说一句，只要有他在身旁，

您的守护神就做不了您的主；可是他一走开，

它又变得意气飞扬了。

安东尼　　　你去吧。

对文提狄厄斯说，我有话跟他谈：　　　　　算命人下

他必须到安息去。不管是凭占卜本事还是偶然运气，

他说的话倒是很在理：就是骰子也听他的话，

玩游戏时，我的高超技术就是敌不过

他的好手气。我们一起抽签，结果总是他的灵验；

无论斗鸡斗鹌，他总能够反败为胜，

一如既往地笑到最后。

我还是回到埃及去：

虽然为了我的安宁缔结了这门婚事，

可是我的快乐是在东方。——啊！过来，文提狄厄斯！

文提狄厄斯上

你必须到安息去：你的委任状已经准备好了，

跟我去取吧。 同下

第四场 / 景同前

雷必达、梅西纳斯与阿格里帕上

雷必达 不劳远送了，还请两位
催促你们的主帅早日动身。

阿格里帕 将军，等马克·安东尼
和屋大维娅亲吻一下，我们随后就来。

雷必达 下次见面时希望看到你们披上了戎装，
露出你们英武矫健的本色，再会。

梅西纳斯 按照路程计算，
我们将比你先到达目的地
米塞纳山 [1]，雷必达。

雷必达 你们的路程要短一些；
我还有别的事情，所以不得不绕远道：
你们大概先我两天到。

两人 将军，祝您成功！

雷必达 再会。 众人下

---

1 即米塞努姆港，庞培的战船停泊之处。

第五场 / 第六景

亚历山大

克莉奥佩特拉、查米恩、伊拉丝与艾勒克萨斯上

克莉奥佩特拉　给我来点儿音乐：对于我们这些热衷于
　　　　　　　　情爱行业的人[1]来说，音乐就是忧郁的食粮。

众人　　　　　奏乐嘞！

太监玛狄恩上

克莉奥佩特拉　不要了。我们还是打弹子吧：来，查米恩。

查米恩　　　　我的胳膊酸疼，您还是跟玛狄恩打吧。

克莉奥佩特拉　女人不妨跟太监玩一把[2]，就像女人跟女人玩一样。
　　　　　　　　来，你愿意陪我玩玩吗，阁下？

玛狄恩　　　　我愿意竭尽全力奉陪，娘娘。

克莉奥佩特拉　诚意满满，即使表现不佳，
　　　　　　　　也可以得到原谅。我现在也不要打弹子了。
　　　　　　　　把钓竿拿给我，我们到河边去。在那儿，
　　　　　　　　你们远远地奏着音乐，我把钓竿放下去，
　　　　　　　　引诱那长着黄褐色鳍的鱼儿上钩：
　　　　　　　　钓钩弯弯，钩住它们滑溜溜的嘴巴，当我提起每一尾鱼儿时，
　　　　　　　　我就把它当作一个安东尼，
　　　　　　　　我要说一声，"啊，哈！你可被我逮着啦！"

查米恩　　　　现在想起来还真好笑——

1　暗示性交易，卖淫。
2　暗指发生性行为。

您和他打赌钓鱼，他不知道您派出的潜水手

在水底下悄悄把一条腌鱼[1]挂在了他的钓钩上，

还兴致冲冲地往上提呢。

克莉奥佩特拉　那时候呀？往事不堪回首啊！

我笑得他老羞成怒，可到了晚上，

我又笑得他心花怒放；第二天早晨，

九点钟前[2]我就把他灌醉上床，

给他戴上我的头饰，穿上我的长袍，

我呢，给自己佩带起他那柄菲利皮宝剑[3]。——

一信差上

啊，从意大利来的，

我的耳朵很久听不到消息，它现在虚位以待，

你有多少消息，一起把它们塞进来吧[4]。

信差　娘娘，娘娘——

克莉奥佩特拉　安东尼死了！你要是这样说，奴才，

就要了你的女主人的命了。可你要是说

他平安无恙，这儿有的是金子，（赏给金子）

你还可以吻一吻我手上的青筋：（伸出手）有多少君王

曾经把嘴唇凑到这里，一面吻，一面还战战兢兢呢。

信差　首先，娘娘，他平安无事。

克莉奥佩特拉　好，我还要赏你更多的金子。

可是奴才，听着，人们又常说，

1　原文中的 salt-fish 即腌制的干咸鱼，是委婉说法，喻指不能勃起的阴茎，阳痿。

2　根据梁实秋的译注，此处遵循的是罗马的时计，九点钟是我们的下午三点，因为时间是从早晨六点算起的。现译则假定莎士比亚用的是英国的计时法。——译者附注

3　安东尼在菲利皮之战中击败布鲁图和卡西乌斯时使用的宝剑。

4　此处是一个与性高度相关的意象，喻指阴茎猛烈地插入，且使子宫受孕。

	死人是平安的：要是你是这个意思，
	我就要把赏给你的金子熔化了，
	顺着你这报告噩讯的喉咙灌下去。
信差	好娘娘，听我说。
克莉奥佩特拉	好，你说吧，我听。

可是瞧瞧你这张倒霉的脸：如果安东尼
平安无恙，你这张晦气的面孔不配来报喜！
要是他有什么灾难，你就该像一尊恶神[1]，
头上盘绕着毒蛇而来，
而不该佯装平常人的模样。

信差	请您听我说好吗？
克莉奥佩特拉	我很想在你开口以前就先揍你一顿；

可是如果你说安东尼没有死，平安无事，
凯撒待他像朋友，没有把他监禁起来，
我就让你在一场黄金雨[2]中沐浴，
把珍珠像冰雹一样撒遍你的周身。

信差	娘娘，他很平安。
克莉奥佩特拉	说得好。
信差	他跟凯撒是朋友。
克莉奥佩特拉	你是个诚实的人。
信差	凯撒和他的友谊大大超过从前。
克莉奥佩特拉	你可以向我邀功，赏你一大笔财产。

---

1 希腊神话中的复仇三女神（Furies）通常被形容成头上长着蛇发、双肩生有翅膀的女人。原文用的是单数 a Fury。

2 原文中的 shower of gold 让人联想到最高天神乔武化作一场黄金雨，洒落并渗进达娜厄身体使其受孕。

信差	可是，娘娘——
克莉奥佩特拉	我可不爱听什么"可是"：它会颠覆
	先前的那些好消息。呸，"可是"！
	"可是"就像一个狱卒带着一个邪恶的凶手。
	朋友，请把你所知道的消息，好也罢，坏也罢，
	一股脑儿地灌进我的耳朵里吧！
	你刚说，他跟凯撒很要好，他身体健康；
	你还说，他现在是自由的。
信差	自由，娘娘？不！我可没有这样说。
	他已经被屋大维娅束缚[1]。
克莉奥佩特拉	他要尽什么义务？
信差	要在鸳鸯床上尽最好的义务[2]。
克莉奥佩特拉	我的脸色变得惨白了，查米恩。
信差	娘娘，他娶屋大维娅做女人了。
克莉奥佩特拉	让你染上那最可怕的瘟疫！（将他打翻在地）
信差	好娘娘，请息怒。
克莉奥佩特拉	你说什么？
	（打他）滚，可恨的恶棍！否则我要把你的眼珠
	放在脚前当球踢！还要拔光你的头发！
	（将他拽起又按倒）
	我要用钢丝鞭打你，用盐水浸泡你，
	让你泡在里面慢慢地活受罪！
信差	仁慈的娘娘，

---

1 原文中的 bound 暗指结婚，下文克莉奥佩特拉把它误解成了"欠债，应尽义务"。

2 信差顺着克莉奥佩特拉的话，又把她所理解的"欠债，应尽义务"（good turn）误解成了"床上功夫"（turn i'th'bed）。

	我不过是报告一个消息而已，我又没有做媒。
克莉奥佩特拉	说没有这一回事，我就给你赏地封邑，
	让你交上好运；我已经打过了你，
	即便你再惹我生气，也不再跟你计较；
	你还有什么要求，不妨都跟我说，
	我都可以依着你。
信差	他真的结婚啦，娘娘。
克莉奥佩特拉	混蛋，你真是活腻了！（拔出一把刀）
信差	哎哟，我赶快逃命吧。

您这是什么意思，娘娘？我没有犯错呀。　　　　　下

查米恩	好娘娘，定定神吧。
	这个人是无辜的。
克莉奥佩特拉	被天雷闪击丧命的不一定是罪人。
	让埃及溶化到尼罗河里去吧，让善者
	都变成毒蛇！再传唤那个奴才。
	我虽然发疯了，但绝不会咬他：传进来！
查米恩	他惊恐得不敢进来。
克莉奥佩特拉	我不会伤害他。　　　　　　　　查米恩下
	这一双手太有失体面了，它们
	殴打了一个比我低贱的人，
	唉，都怪我自己的性子太急。——

信差与查米恩重上

你过来。

把坏消息告诉人家，即使句句属实，

也不见得是一件好事；好消息

可以大肆渲染，坏消息不如缄口不言，

待被察觉时它们自然会真相大白。

信差	我不过履行我的职责罢了。
克莉奥佩特拉	他已经结婚了吗？
	你要是再说一声"是"，
	我会恨你到无法再恨的地步。
信差	他是结婚了，娘娘。
克莉奥佩特拉	愿天神重罚你！你还是这么说？
信差	我应该说谎吗，娘娘？
克莉奥佩特拉	啊！我但愿你说谎，
	哪怕我的半个埃及沉没在河底，
	变成鳞蛇栖息的沼地！去吧，你走吧！
	即使你有那耳喀索斯[1]一般的美貌，在我的眼里
	你也是天下最丑陋的人。他结婚了吗？
信差	求陛下恕罪。
克莉奥佩特拉	他结婚了？
信差	陛下不要见怪，我不敢顶撞您。
	我不过是奉您的命令行事，还要接受您的惩罚，
	真是冤得不能再冤啦。他是跟屋大维娅结婚了。
克莉奥佩特拉	唉，安东尼犯错，却拿你当出气筒，
	但终究你并不等于你知道的坏消息！给我出去吧，
	你从罗马带来的货物[2]要价实在太高，
	我无法接受；让它们统统积压在你的手上，
	把你的家底耗个一干二净！ （信差下）
查米恩	好陛下，请息怒。
克莉奥佩特拉	在赞美安东尼的时候，我诋毁了凯撒。

1 那耳喀索斯（Narcissus）是希腊神话中的美少年，自恋水中倒影，死后化为水仙花。
2 原文中的 merchandise（货物），此处指消息。

查米恩	是有好几次，娘娘。

克莉奥佩特拉　现在我可受到报应啦。带我离开这里：

我要晕倒了！啊，伊拉丝，查米恩！不打紧了。

好艾勒克萨斯，你去问问那家伙，

屋大维娅容貌如何；年纪多大，

性格怎样；对了，别忘了问她头发的颜色。

问清楚了就赶快回来向我禀报。　　　　艾勒克萨斯下

让他[1]一去不回吧。——不，我还是希望他回来，

查米恩，虽然从一侧看他像个蛇发女怪[2]，

但从另一侧看，却像战神玛尔斯。——

（对伊拉丝）让艾勒克萨斯

再问问她有多高。——怜悯我吧，查米恩，

但是不要和我说话。带我回寝宫里去吧。　　　众人下

第六场　／　第七景

意大利南部海港米塞努姆附近

喇叭奏花腔。鼓号前导，庞培自一门上；凯撒、雷必达、安东尼、艾诺巴勃斯、梅西纳斯、阿格里帕、茂那斯率众兵士自另一门行进上

庞培　　　　我有你们的人质在手上，你们也有我的人质在手上；

1　指安东尼。

2　此处指戈耳工（Gorgon），即希腊神话中的蛇发女妖三姐妹，任何人见到她们眼睛，都会立即变成石头。

在没有交战以前，让我们先举行谈判吧。

凯撒 先礼后兵

当然是最好的办法，所以我们才

将我们的书面提议提前送达给你；你要是

已经充分考虑过，那么请告诉我们

这些条件能不能让你那愤愤不平的剑入鞘，

带着你那些强壮的子弟兵回到西西里去，

免得他们白白地命丧战场。

庞培 请问你们三位，

鼎立称霸的元老，

神明的主要代理人：我就是不知道

我父亲也有一个儿子和一大帮朋友，

为什么他就该没有人来给他雪恨报仇；

当初尤力乌斯·凯撒的阴魂 [1] 在菲利皮

向善良的布鲁图作祟的时候，他看见了你们

是怎样地为他卖力报仇。脸色惨白的卡西乌斯

为什么要阴谋作乱？那受人尊敬、正直无私的罗马人

布鲁图，和他率领的一群追求自由的武装人士

为什么要血溅圣殿 [2]？他们的目的不就是

要有一位盖世英雄而不是一个凡夫俗子吗？[3]

同样的决心让我调集水上雄师，驾驭着

怒海的波涛而来；我要痛惩无情的罗马，

1　原文中的 ghosted 指阴魂作祟的，被鬼魂纠缠的。尤力乌斯·凯撒被布鲁图、卡西乌斯等反叛者刺杀；后来，他们在菲利皮之战中溃败，被安东尼和屋大维·凯撒所杀。

2　此处指卡皮托利诺山（Capitoline Hill），罗马元老院所在之处，尤力乌斯·凯撒在此被密谋刺杀。

3　此处的含意是阻止尤力乌斯·凯撒这样一个凡夫俗子被加冕为王，从而受到神一样的待遇。

	让它为曾经对我那高贵的父亲
	所做出的忘恩负义之举付出惨痛的代价。
凯撒	有什么事情可以慢慢商量。
安东尼	以你的舰船，庞培，你吓不倒我们。
	我们就和你到海上周旋。陆地上嘛，你知道
	我们能轻而易举地就把你吃掉。
庞培	不错，在陆地上
	你有办法，连我父亲的屋子也被巧占 [1]：
	可是既然杜鹃不会自己筑巢 [2]，
	你就赖在里面住下去吧。
雷必达	请告诉我们——
	这些无关的话就别扯了——你对
	我们提出的条件持什么态度。
凯撒	这话说得对。
安东尼	接受与否，不必勉强；
	利害得失你得自己掂量。
凯撒	如果还要希冀更大的诉求，
	那就得考虑随之而来的后果。
庞培	你们的许诺是划给我
	西西里和撒丁岛两个岛屿；我必须
	替你们扫除海盗，还得把
	一些小麦运送到罗马；双方同意以后，
	就可以各自剑不伤刃、

1 暗指安东尼征用他父亲的官邸，名义上是购置却并未支付款项。原文中的 o'er-count 有骗取、非法剥夺的意思。

2 杜鹃自己不筑巢，而是偷偷地把卵产在其他鸟类的巢内。

盾不留痕地回家去。

凯撒、安东尼与雷必达 这正是我们所提的条件。

庞培 那么告诉你们吧，

我来这儿与你们会见，本是准备好

接受你们的条件的；但是马克·安东尼

让我有点儿气愤不过。做善事自夸确实不妥，

但我在这儿却不得不说。你也该知道，

当初凯撒和你的兄弟交战的时候，

你的母亲来到西西里，受到了

我的礼遇与热情的款待。

安东尼 我也听说了，庞培；

我一直都在琢磨如何重谢你，

我确确实实欠了你的人情。

庞培 请把你的手伸给我，（两人握手）

我绝没有想到，将军，会在这儿碰见你。

安东尼 东方的床褥是温馨的；幸亏你

及时把我唤醒，否则我还会留恋沉溺，

我获益不浅哪。

凯撒 打我上次见过你以后，你已经变了许多。

庞培 唉！我不知道

严酷的命运女神在我脸上刻下了什么记号，

可是我决不让她闯入我的胸怀，

使我的心成为她的仆人。

雷必达 今天在此相遇，真是一件幸事。

庞培 我也希望如此，雷必达。我们已经达成共识；

我郑重地请求我们签下一份协定，

大家都在上面署名盖印。

凯撒	那正是我们下一步要做的。
庞培	在分别之前,我们还要互相请客一次;
	让我们抽签来决定该谁先请。
安东尼	我先来请吧,庞培。
庞培	不,安东尼,你也得抽签:可是
	不管先请还是后请,你的埃及式享宴
	一定是最最出色的。我听说尤力乌斯·凯撒
	在埃及都吃得发胖了[1]。
安东尼	你倒听到了不少事呀。
庞培	我的话是真诚的,将军。
安东尼	让你的这些好话配上你的真诚吧。
庞培	这些都是我听来的。
	我还听说,阿波罗多洛斯[2]扛着——
艾诺巴勃斯	不用再说了:他确实那样做了。
庞培	什么事,请教?
艾诺巴勃斯	把一位女王裹在被褥里送给凯撒。
庞培	我现在记起你来了。你可好,壮士?
艾诺巴勃斯	好啊,
	我怎能不好呢,我眼前就看到
	四次宴会款款而来了。
庞培	让我握握你的手。(两人握手)
	我从来没有记恨过你;我曾见过你打仗,
	我十分钦慕你的勇敢。

---

1 暗示阴茎勃起。

2 阿波罗多洛斯(Apollodorus)是克莉奥佩特拉的一个西西里朋友;据普卢塔克记述,他把克莉奥佩特拉裹在褥子里,秘密地送到尤力乌斯·凯撒的住处。

艾诺巴勃斯	将军， 我对您一向没有太多好感，但我还是称赞过您， 虽然我的称赞比不上 您应得的十分之一。
庞培	很欣赏你的直率性情， 这与你的人品十分相称。 请各位赏光到船上去聚聚； 请你们走在头里好吗，三位将军？
凯撒、安东尼与雷必达	请领路，将军。
庞培	来吧。　　　　　　　*众人下。艾诺巴勃斯与茂那斯留场*
茂那斯	（*旁白*）你的父亲，庞培，是绝不会签订这样的条约的。—— （*对艾诺巴勃斯*）我们曾经有一面之雅，阁下。
艾诺巴勃斯	我想我在海上见过你。
茂那斯	正是，朋友。
艾诺巴勃斯	你在海上可了不得。
茂那斯	你在陆上可了不得。
艾诺巴勃斯	谁愿意恭维我，我也都愿意恭维他；尽管我在陆地上叱咤风云是无可否认的。
茂那斯	我在海面上威震一方也是无人不晓的。
艾诺巴勃斯	是呀，为自己安全着想，你还是否认了好：你可是一位江洋大盗啊。
茂那斯	你呢，是一个陆地大盗。
艾诺巴勃斯	那么我就把自己的陆上功劳瞒着。可是把你的手伸给我，茂那斯。（*两人握手*）要是我们的双眼具有权威，它们便可以抓住两个握手言欢的盗贼。
茂那斯	所有男人的脸都是诚实的，无论他们的手有多么不老实。
艾诺巴勃斯	可是没有一个美貌的女人有一张真实的脸蛋儿。

茂那斯	说得没错,她们偷男人的心。
艾诺巴勃斯	我们来这儿本是要同你们开战的。
茂那斯	就我而言,打仗变成了喝酒,真是扫兴。庞培今天的笑谈,葬送了他的好运。
艾诺巴勃斯	要是他真的把好运葬送,那可是哭也哭不回来了。
茂那斯	你说得有理,朋友。我们没料到会在这儿遇到马克·安东尼。请问,他是跟克莉奥佩特拉结婚了吗?
艾诺巴勃斯	凯撒的姐姐名叫屋大维娅。
茂那斯	不错,朋友,她原是盖乌斯·马尔凯卢斯的妻子。
艾诺巴勃斯	可是她现在是马克·安东尼的妻子了。
茂那斯	真的吗,阁下?
艾诺巴勃斯	千真万确。
茂那斯	那么凯撒跟他永远联姻了。
艾诺巴勃斯	如果一定要叫我给这个联姻做预言,我的论断可没有这么乐观。
茂那斯	我想在这一门婚事中,男女爱恋的成分少于政治和亲的成分。
艾诺巴勃斯	我也这样认为。可是你不久就会发现,这维系他们友谊的绳带 [1] 最终会勒杀了他们的友谊:屋大维娅是一位圣洁、内向而冷静 [2] 的女人。
茂那斯	谁不愿意有这样一个妻子?
艾诺巴勃斯	马克·安东尼可不是这样一个人,他不会喜欢。他一定会再去品尝埃及的异味佳肴 [3]。到时候,屋大维娅的声声

1　原文中的 band 既有"绳带"的意思,也有"婚戒"的意思。

2　暗指性冷淡。

3　即秀色可餐的克莉奥佩特拉,原文中的 dish 还暗指阴道。

叹息便会煽起凯撒心头的怒火。所以——正像我刚才所说的——她现在是维系他们两人之间感情的纽带，将来却可能变为导致两人反目的导火索。安东尼将在他心有所属的人身上用情。他在这儿结婚，只不过是应对局面的权宜之计。

茂那斯　也许最后会是这样。来，朋友，上船去吧? 我要敬你一杯。

艾诺巴勃斯　领你的盛情，朋友：我们在埃及常常是把大碗酒往喉咙里灌。

茂那斯　来，我们去吧。　　　　　　　　　　　　　　同下

第七场　/　第八景

意大利南部米塞努姆附近，庞培战船上

奏乐。二三仆人端酒食上

仆人甲　他们就要到这儿啦，伙计。有几个人已经醉醺醺的站也站立不稳；一丝微风就可以把他们吹倒。

仆人乙　雷必达已喝得满脸通红。

仆人甲　他们一杯一杯地灌他"好事酒"[1]。

仆人乙　酒席上他们逞性斗嘴，相互讥讽；他高声叫喊，"不要再吵了"，求大伙儿都平和下来，就冲着这，他喝了一杯又

1　原文中的 alms-drink 通常指作为救济、送给穷人的喝剩下的酒，但此处应该指雷必达为推进和解进程而举杯的善意之举。

	一杯。
仆人甲	他这岂不是拿自己开涮，变成了一个地道的糊涂虫？
仆人乙	说起来好听，跟大人物混在一起，被玩耍玩耍也是活该！与其叫我扛一杆玩不动的长枪，不如掂一根毫无用处的芦苇秆。
仆人甲	身居高位却碌碌无为，就好像空洞洞的眼眶缺少了眼珠，彻彻底底毁了一张脸，真是可惜呀。

仪仗号起。凯撒、安东尼、庞培、雷必达、阿格里帕、梅西纳斯、艾诺巴勃斯、茂那斯与其他将官及一男童伶上

安东尼	他们都是这样做的，阁下：他们在方尖碑 [1] 上 做一些标记来测量尼罗河水位。 通过水位的涨落或适中， 判断歉收或丰收。尼罗河水涨得越高， 大丰收越是在望。河水退下去以后， 农夫便在烂泥上播种， 不久就可迎来丰硕的收成。
雷必达	你们那边有很奇怪的蛇？
安东尼	没错，雷必达。
雷必达	你们埃及的蛇是在你们的淤泥里晒着你们的太阳光长大的；你们的 [2] 鳄鱼也是这样。
安东尼	你说对了。
庞培	请坐，上酒来！为雷必达的健康干一杯！（众人坐下喝酒）
雷必达	我感觉今天身体不如平时好，可是我决不会退缩。
艾诺巴勃斯	（旁白）除非等你睡去。——否则他们会将你灌得烂醉

---

1 原文中的 i'th'pyramid 指在方尖碑上（on the obelisk），并非指传统意义上的埃及金字塔。

2 多次重复 your（你们的），暗示雷必达已经醉得开始胡言乱语了。

如泥。

雷必达	嗯，的确，我听说托勒密王朝的金字塔[1]很好看：见到的人都交口称赞，我早有耳闻。
茂那斯	（旁白。对庞培）庞培，跟您说句话。
庞培	（旁白。对茂那斯）凑近我耳边说，什么事？
茂那斯	（旁白。对庞培）我恳请您起身，主帅，我有话对您说。
庞培	（在他耳边低语）等一等，我就来。——这一杯敬雷必达！
雷必达	你们的鳄鱼是什么样的一种东西？
安东尼	它的形状，老兄，就像鳄鱼那个样子，它跟鳄鱼一样宽：当然，也跟鳄鱼一样高，它用自己的肢体行动；靠着它所吃的东西生存，当生命离开了，便转世去了另外一个身体[2]。
雷必达	它是什么颜色？
安东尼	也就是它本身的颜色。
雷必达	那可是一种奇怪的大蛇。
安东尼	可不是。而且它的眼泪还是湿的呢。[3]
凯撒	听了你这好一番描述，他会心满意足吗？
安东尼	（茂那斯再次耳语）有庞培的敬酒他就应该知足了，否则

1　原文中的 pyramises 即 pyramids，金字塔。此处说明雷必达因醉酒说话已经含糊不清了。

2　指灵魂转世轮回。此处安东尼引指毕达哥拉斯（Pythagoras）的灵魂说。毕达哥拉斯是古希腊数学家、唯心主义哲学家，他认为灵魂不朽，肉体是灵魂的坟墓。当人在世时，灵魂被束缚在肉体里；当人死后，灵魂就轮回转世，可以转变为别的人或生物。人应当净化灵魂，使死后灵魂脱离轮回之苦，得以超升。——译者附注

3　据说鳄鱼在享用猎物前会流眼泪。

他就是个穷奢极欲之人 [1] 了。

庞培　　　　（旁白。对茂那斯）该死的，你真该死！

这算什么话？走开！

听我的吩咐。——我让你们替我斟的酒呢？

茂那斯　　　（旁白。对庞培）如果您看在我一直为您效力的分上，愿意听我说几句话，就请您站起身来。

庞培　　　　（旁白。对茂那斯）我想你疯了吧。什么事？

（庞培与茂那斯退至一旁交谈）

茂那斯　　　我一向都把您的伟业放在首位。

庞培　　　　你替我干事很尽心。还有什么话要说？——

（对其他人）开怀畅饮，各位将军！

安东尼　　　留心脚底下的浮沙 [2]，雷必达，

站到一边去，你已在下沉了。

茂那斯　　　您想做全世界的主人吗？

庞培　　　　你说什么？

茂那斯　　　您想做全世界的主人吗？我再说一遍。

庞培　　　　那怎么可能办到呢？

茂那斯　　　您只要抱着这样的决心，

虽然您看我是一个卑微的人，但就是我

能够把整个世界放在您的手心。

庞培　　　　你酒喝多了吗？

1　原文中的 epicure 指享乐主义者、无宗教信仰者、伊壁鸠鲁（Epicurus）的跟随者。伊壁鸠鲁是古希腊哲学家、无神论者，成功地发展了阿瑞斯提普斯（Aristippus）的享乐主义，认为快乐是生活的目的，是天生的最高的善；并同意德谟克利特（Democritus）有关"灵魂原子"的说法，认为人死后，灵魂原子离肉体而去，四处飞散，因此人死后并没有生命。——译者附注

2　指醉醺醺的雷必达脚下站不稳。

茂那斯	不，庞培，我连酒杯都没有碰一下。
	您要是有胆量，就可以做人间的乔武：
	四海环抱之内，苍天覆盖之下，
	只要您想要，都归您所有。
庞培	告诉我你有什么办法。
茂那斯	这三个大权在握、鼎峙称雄的人，
	现在都聚在您的船上。让我斩断缆绳，
	把船开到海心，再砍下他们的脑袋：
	那么一切就都属于您了。
庞培	唉！这件事你可以自己去做，不该先来告诉我。
	我干了这事，人家要说我不仁不义；
	你去干了，却是为主尽忠。你要知道，
	我不能把利益与荣誉倒置：我的荣誉
	比利益更重要。你悔不该让你的舌头泄露了
	你的计谋：如果是趁我不知情的时候下了手，
	我事后会觉得你这件事情干得巧；可是现在
	我不得不斥责这是阴谋。放弃这个念头，喝酒去吧。
	（加入其他人）
茂那斯	（旁白）从此以后，我再也不追随你黯淡的命运：
	鸿运当头却当面错过，
	以后再找，时不再来。
庞培	这杯祝雷必达健康！（众人喝酒）
安东尼	把他抬上岸去。我来替他喝吧，庞培。
艾诺巴勃斯	敬你一杯，茂那斯！
茂那斯	艾诺巴勃斯，欢迎！
庞培	把酒斟上，斟得满满的。
艾诺巴勃斯	（指着一名背雷必达下场的侍从）那家伙力气真大，茂那斯。

茂那斯	为什么？
艾诺巴勃斯	他把三分之一的世界驮在背上：
	难道你没有看出来？
茂那斯	这三分之一的世界是醉了：但愿整个世界
	都醉了，醉得像车轮般旋转起来！
艾诺巴勃斯	你也喝，让车轮加速呀。
茂那斯	来。
庞培	今天的酒席还无法与亚历山大的豪宴相比。
安东尼	也差不离了。碰杯，来！
	敬凯撒一杯！
凯撒	我有些受不了啦。
	真奇怪，我越是用酒来灌洗头脑，
	这脑子呢，就越来越糟。
安东尼	活在当下，喝酒要尽兴。
凯撒	我的回答是"适可而止"。
	我宁愿绝食四整天，
	也不愿一天之内频发酒癫。
艾诺巴勃斯	（对安东尼）哈，我的好皇帝！
	让我们现在跳起埃及酒神祭祀舞[1]，
	来庆祝今天的酒会，如何？
庞培	让我们跳起来吧，壮士们。
安东尼	来，我们大家手拉着手，
	一直跳到美酒将我们的知觉沉浸在
	温柔美好的遗忘之河。
艾诺巴勃斯	大家手拉手。

1 为纪念罗马神话中的酒神巴克斯（Bacchus）而跳的舞蹈。

让音乐在我们的耳边高奏；

当我替你们整队的时候，歌童

就唱起来，每一个人都要扯开喉咙

尽情和唱，唱得越响越好。

奏乐。艾诺巴勃斯与众人携手列队

男童伶 （歌，唱）

来呀来，巴克斯是酒国的王，

亮与憨，小眼睛加上胖皮囊！

你用桶酒浸没我们心中的忧伤，

你把葡萄花冠戴在我们的头上。

喝呀喝，喝到天旋地转，

喝呀喝，喝到地转天旋！

凯撒 你还嫌不过瘾吗？庞培，晚安。好兄弟，

我请求你快上岸吧：不要因为纵欲

而把正事忘记。各位将军，我们离席吧：

你们看我们的脸烧得通红。强壮的艾诺巴勃 [1]

也不胜酒力，我自己的舌头

也不大听使唤了：这疯狂的胡闹把我们

都变成了一群滑稽可笑的小丑。还需要多说吗？晚安。

好安东尼，让我扶着你。

庞培 我一定要到岸上来陪你们乐一下。

安东尼 来呀，阁下。把你的手给我。

庞培 噢，安东尼，

你占了我父亲的房子。可是那又算得什么？我们是朋友。

我们下到小船上去吧。

---

1 原文为 Enobarb——译者附注。

艾诺巴勃斯	留心不要跌在水里。—— 除艾诺巴勃斯与茂那斯外众人下
	茂那斯，我不想上岸去。
茂那斯	别去啦，来我舱里坐坐。
	这鼓，这喇叭，笛子！嘿！
	让海神涅普顿听见我们向这些大人物
	高声道别吧。吹起来，他妈的！吹响一点！

喇叭奏花腔，间以鼓声

艾诺巴勃斯	嘿！他 [1] 一声叫喊。我的帽子飞了。（向空中掷帽）
茂那斯	嘿！高贵的将官！来呀。　　　　　　　　　同下

---

1 原文中的 a 指 he（他）。

第三幕

第一场 / 第九景

叙利亚

文提狄厄斯率西利乌斯及其他罗马将士以凯旋式[1]的阵势上,帕科罗斯的尸体抬
在他前面

文提狄厄斯　　善射的安息[2],如今你也尝到了恶果!现在,

　　　　　　　　命运之神眷顾我,叫我为已去的

　　　　　　　　马尔库斯·克拉苏[3]复仇。将这位王子的尸体

　　　　　　　　抬在大军前行走:奥罗德斯呀,你杀死了

　　　　　　　　克拉苏,我让你的儿子帕科罗斯一命抵一命。

西利乌斯　　高贵的文提狄厄斯,

　　　　　　　　趁你的刀剑之上安息人的鲜血还没有冷却,

　　　　　　　　追赶那逃窜的敌人吧。策马飞奔,越过米底,

　　　　　　　　穿过美索不达米亚,让那溃败的敌军

　　　　　　　　无所遁形。你那伟大的主帅安东尼

　　　　　　　　会让你高站在凯旋的战车上,把花冠

　　　　　　　　戴于你的头顶之上。

1　古罗马的凯旋式是庆祝获胜将领凯旋的仪式。通常在仪式中,俘虏和敌军高级将领的尸体会
　　被抬着游街示众。
2　安息人以他们的弓骑兵而声名远播,在他们高超的骑射技术中,回马箭更是闻名遐迩。
3　马尔库斯·克拉苏(Marcus Crassus)与庞培大帝、尤力乌斯·凯撒组成了罗马的前三巨头同
　　盟。他在与安息人的战争中大败,头颅被割下呈送给了安息国王奥罗德斯(Orodes)。奥罗德
　　斯为惩罚他的贪婪,将他的嘴里灌满了熔化的金水。

文提狄厄斯　　　唉，西利乌斯呀，西利乌斯，
　　　　　　　　　我可得适可而止。要注意，一个下属
　　　　　　　　　可不能立太大的功勋。你要知道，
　　　　　　　　　西利乌斯：适当的时候便得歇手，
　　　　　　　　　可不能趁主子不在的时候，让自己功高盖主。
　　　　　　　　　无论是凯撒还是安东尼，他们的赫赫战功
　　　　　　　　　多半靠的是部下，小半才靠的是本人。
　　　　　　　　　在叙利亚，有一个与我相同级别的同僚
　　　　　　　　　索西乌斯，他的一员副将，凭着
　　　　　　　　　战功卓著而锋芒显露，却因此失去了
　　　　　　　　　他的欢心。在战场上，一个人的军功
　　　　　　　　　把主帅掩盖，那就成了主帅的主帅；
　　　　　　　　　拥有雄心壮志是将士的美德——可他宁可
　　　　　　　　　输掉一场战斗，也不愿赢得一次胜仗，
　　　　　　　　　而让主帅的光芒暗淡。我本可以为安东尼
　　　　　　　　　做得更好，但只怕这反而会招惹了他；
　　　　　　　　　他要是被激恼，我的功劳便化为乌有了。

西利乌斯　　　　文提狄厄斯，真有你的！
　　　　　　　　　一个军人要没有你这种审时度势的本事，那就
　　　　　　　　　跟他手上的刀剑别无二致。你要给安东尼写战报吗？

文提狄厄斯　　　我要谦恭地向他报告：借着他那令敌人
　　　　　　　　　闻风丧胆的威名，我们取得了怎样的战果；
　　　　　　　　　仗着他那鼓舞士气的军旗和兵强马壮的雄师，
　　　　　　　　　我们怎样把一向所向披靡的安息骑兵
　　　　　　　　　打得溃不成军，把他们赶出了这片土地。

西利乌斯　　　　他现在哪里？

文提狄厄斯　　　他打算去雅典；我们满载着这些战利品，

能走多快就走多快，也赶到那里，向他
当面复命。来，弟兄们，前进！　　　　　众人下

第二场 / 第十景

罗马

阿格里帕自一门上，艾诺巴勃斯自另一门上

阿格里帕　　　怎么！这郎舅二人[1]分家了吗？

艾诺巴勃斯　　他们与庞培之间的事情已经办妥，他已经走了。
　　　　　　　　剩下的三人正在协议书上盖印。屋大维娅
　　　　　　　　因不忍离开罗马在抹眼泪儿；凯撒的心里也不是个滋味儿；
　　　　　　　　雷必达自打从庞培那儿赴宴归来后，用茂那斯的话说，
　　　　　　　　就害上了令人憔悴的相思病[2]。

阿格里帕　　　雷必达可真是个好人。

艾诺巴勃斯　　真是一个很好的人：噢，他多么爱凯撒呀！

阿格里帕　　　不，他是多么崇拜马克·安东尼呀！

艾诺巴勃斯　　凯撒？嗬，他是人世的天神。

阿格里帕　　　安东尼是谁？天神之神！

艾诺巴勃斯　　你说起凯撒吗？嘿！举世无双！

1　即安东尼和屋大维·凯撒，他们是姻亲兄弟。

2　原文中的 green sickness 是青春期女孩通常患的贫血症，常与相思病联系在一起；艾诺巴勃
　　斯是在嘲弄雷必达，把他的宿醉归因于他对另外两位同僚的谄媚。

阿格里帕	噢，安东尼！噢，你是千年一现的凤凰[1]！
艾诺巴勃斯	你要是想赞美凯撒，叫一声"凯撒"：就足够了。
阿格里帕	的确，他对他们两人可都是百般恭维。
艾诺巴勃斯	但他最爱凯撒，不过他也爱安东尼：

嗬！他对安东尼的爱，可不是内心所能想、
言语所能尽、数字所能计、文士所能著、
歌手所能吟、诗人所能编的。可是对于凯撒，
他是跪拜伏地、惊叹连连！

阿格里帕	两个他都爱。
艾诺巴勃斯	他们是他的养料[2]，他是他们的甲虫。（幕内号声）好了：

这是要上马动身的信号。再会，高贵的阿格里帕。

阿格里帕	祝你好运，英勇的战士，再会。

凯撒、安东尼、雷必达与屋大维娅上

安东尼	请留步吧，阁下。
凯撒	你要把大半个我都带走了：

看在我的分上，请好生对待她。姐姐呀，做个贤妻，
别辜负了我的期望；我敢保证，你一定
会是个好妻子。最尊贵的安东尼，
让这位贤淑的女子成为巩固
我们之间友谊的胶泥，别让她
反而成了撞塌友情之堡的
攻城槌：因为要是我们不能
同心珍爱她，还不如别让她

---

1 原文中的 Arabian bird 即凤凰，是埃及神话中阿拉伯沙漠的不死鸟。传说中凤凰从自身火化
的灰烬中再生。

2 原文中的 shards 指一堆堆的粪便，一些甲虫以此为生。

	置身于我们中间。
安东尼	你这么不信任我，我可要生气啦。
凯撒	该说的我已经说完了。
安东尼	虽然你心存顾虑，
	但你绝对找不到任何
	好让你放心不下的理由。好啦，
	愿神明庇佑你，让罗马人都为你效命。
	你我就此拜别吧。
凯撒	再会吧，我最亲爱的姐姐，再会。
	愿你一路顺风，祝你一切称心。
	再会吧。
屋大维娅	我的好弟弟！（泣）
安东尼	四月的春意辉映在她的双眸里：那是爱情的春天，
	那些泪珠是润泽爱情的催花雨[1]。别伤心啦。
屋大维娅	弟弟呀，请用善意的眼光看待安东尼的家人[2]，还有——
凯撒	什么，屋大维娅？
屋大维娅	把耳朵凑过来，我跟你说。（对凯撒耳语）
安东尼	她的舌头无法听从她的心儿，
	她的心儿也让舌头打了结儿——
	她就像一根天鹅绒毛，涌起在浪尖儿，
	不知倒向哪一边儿。
艾诺巴勃斯	（与阿格里帕一旁交谈）凯撒会掉眼泪吗？
阿格里帕	他脸上堆起乌云啦。

---

1 "四月雨带来五月花"（April showers bring May flowers）是一句谚语。

2 指先前安东尼的妻子和兄弟借安东尼的名义向凯撒宣战；屋大维娅希望自己的弟弟和丈夫冰释前嫌。——译者附注

艾诺巴勃斯	就算他是匹马，掉眼泪也不像话； 更何况他是个堂堂的男子汉呢。
阿格里帕	嘿，艾诺巴勃斯， 当初安东尼看到尤力乌斯·凯撒死了， 就曾号啕大哭；在菲利皮，他发现 布鲁图被杀死，也曾伤心落泪呢。
艾诺巴勃斯	那一年，他是害着重伤风呢； 对着本是一心想击垮的敌人，他都能悲叹恸哭， 不瞒你说，直哭得我都心酸落泪了。
凯撒	好了，亲爱的屋大维娅， 你会随时得到我的音讯： 时间不会冲淡我对你的思念。
安东尼	来，兄弟，来： 我要用友情的力量与你较量。 （拥抱他）瞧，就这样我把你拥抱，就这样我又将你放开， 把你托付给天神。
凯撒	再会吧。祝你们幸福！
雷必达	让天上的星辰一齐绽放光芒， 照亮你平安的旅途。
凯撒	再会吧，再会吧！（亲吻屋大维娅）
安东尼	再会！　　　　　　　　　　　　号角齐鸣。众人下

第三场 / 第十一景

亚历山大

克莉奥佩特拉、查米恩、伊拉丝与艾勒克萨斯上

克莉奥佩特拉　　那家伙呢？

艾勒克萨斯　　他吓得不敢进来。

克莉奥佩特拉　　得啦，得啦。——过来，阁下。

先前之信差上

艾勒克萨斯　　尊贵的陛下，

　　　　　　　　犹太的希律王也不敢正眼看您，

　　　　　　　　除非是在您高兴的时候。

克莉奥佩特拉　　我要那希律王的项上人头：

　　　　　　　　但还办得到吗？安东尼走了，

　　　　　　　　我能吩咐谁来干这差事呢？——你走近些。

信差　　最仁慈的陛下！

克莉奥佩特拉　　你见过屋大维娅吗？

信差　　见过，威严的女王。

克莉奥佩特拉　　在哪儿见过？

信差　　娘娘，是在罗马。

　　　　　　　　我迎面瞧了她一眼，只见她

　　　　　　　　一边是弟弟，一边是马克·安东尼。

克莉奥佩特拉　　她跟我一样高吗？

信差　　她可比您矮，娘娘。

克莉奥佩特拉　　听见她说话了吗？她的声音是尖细的，还是低沉的？

信差　　娘娘，我听见她说话了，她是个低嗓门。

克莉奥佩特拉	那没什么好的：他不会喜欢她太久。
查米恩	喜欢她？噢，伊西斯女神！那根本不可能。
克莉奥佩特拉	我也这么想，查米恩：声音又低，个子又矮！
	她走路的姿态有威仪吗？快回想回想，
	要是你曾见过真正有威仪的步态。
信差	她简直是在爬：
	根本看不出她在走路，还是站着没动。
	她是一具躯体，而不是有生命的活人；
	她是一尊雕塑，而不是能喘气的活物。
克莉奥佩特拉	当真如此吗？
信差	如有虚言，那我就没生眼睛。
查米恩	三个埃及人也顶不上他一个人的眼神儿。
克莉奥佩特拉	我看得出，他倒挺有洞察力。
	那女人没什么好的：这家伙
	眼力倒不错。
查米恩	好极了。
克莉奥佩特拉	请你猜猜她的年纪。
信差	娘娘，她原是个寡妇。
克莉奥佩特拉	寡妇？查米恩，你听听。
信差	我想她总有三十岁了。
克莉奥佩特拉	你还记得她那张脸的模样儿吗？长的还是圆的？
信差	圆的，圆得都有一点过分。
克莉奥佩特拉	长着圆滚滚脸庞的人大多都是蠢货。
	她的头发呢，是什么颜色？
信差	棕色的，娘娘：说到她那前额，
	真是低得不能再低。
克莉奥佩特拉	这是赏给你的金子。

	我刚才对你凶了些，你可别往心里去。	
	我还要派你再走一遭替我带个消息：我发觉	
	你很会办事。去吧，准备一下。	
	我已预备好了信件。	信差下
查米恩	是个不错的家伙。	
克莉奥佩特拉	的确，他不错：我真后悔，	
	不该那么欺辱他。噫，听他这么一说，	
	那女人根本没什么了不起的。	
查米恩	根本没什么了不起的，娘娘。	
克莉奥佩特拉	这人见过世面，该是有见识的。	
查米恩	要说他见过世面吗？伊西斯女神在上，	
	他侍候您的时日可不短了！	
克莉奥佩特拉	我还有一件事要问他，好查米恩：	
	不过也没什么要紧的。你给我把他带到	
	我写信的地方来。一切都还会好起来的。	
查米恩	您放心吧，娘娘。	众人下

第四场 / 第十二景

希腊，雅典

安东尼与屋大维娅上

安东尼	不，不，屋大维娅，不光是那件事——
	那还是情有可原的，那件事，还有其他

种种类似的事——但是他竟然

又重新向庞培开战；还立下遗嘱 [1]，

当众宣读，

对我几乎不屑一提；即便迫不得已

恭维我几句，也是冷冷淡淡

敷衍两句；该对我大加赞扬的时候，

他要么视而不见，要么叽叽咕咕，

像是从牙缝里挤出来的。

屋大维娅 啊，我的好夫君，

传闻之言，不可全信哪；即便你一定要相信，

心里也不要都过不去。如果你们之间

关系破裂，世上就没有比我更不幸的女人了，

我夹在中间，既要为你祈祷，又不能不为他祈祷：

我要祈祷，"啊，保佑我的主上和丈夫吧！"

又撤销那个祈祷，高声说，

"啊，保佑我的弟弟吧！"神明一听定会嘲笑我。

既希望丈夫得胜，又害怕弟弟失败；

我只顾祈祷，又一个劲儿地推翻自己的祈祷；

夹在你们中间，没有两全之道。

安东尼 温柔的屋大维娅，

谁最珍惜你这份爱，你的心就跟谁而去吧。

若我失去荣誉，就失去了自己：

与其有一个颜面尽失的丈夫，倒不如

没有更好。但既然你有这个请求，那你就

亲自去为我们调解吧。同时，我的夫人，

---

1 指通过说明遗嘱的条款对罗马人民有利来赢得支持的策略。

我要做好战斗准备，兵戎相见之时，

令弟的英名恐怕就难保了。为满足

你的心愿，速速动身吧。

屋大维娅　感谢我的夫君。

威武的天神乔武竟让我这个最最柔弱的女人

来做你们的调解人！你们双方一开战，

整个世界就好似被一分为二，只有

那战死者的尸骸才能填平这道沟壑。

安东尼　当你看清了这道沟壑的由来时，

就把你的不满向那儿吐诉吧，

因为我们的过失绝非完全相当，

而让你在我们之间左右为难。

准备你的行囊，挑选你的随从，

无论需要多少费用，你尽管提出。　　　　　　　同下

第五场　/　景同前

艾诺巴勃斯与艾洛斯上，迎面相遇

艾诺巴勃斯　怎么样，我的朋友艾洛斯？

艾洛斯　有新奇的消息传来，老兄。

艾诺巴勃斯　什么消息，哥们儿？

艾洛斯　凯撒和雷必达已经向庞培开战啦。

艾诺巴勃斯　这不是什么新消息啦。结果怎样？

| 艾洛斯 | 凯撒利用雷必达向庞培开战后，就翻脸否认他跟自己有平起平坐的地位，剥夺了他共享胜利荣耀的权利；到此还不罢手，又拿他以前写给庞培的信件作为通敌的铁证，下令将他逮捕：这可怜的第三号巨头算是完了，只有等待死神来帮他解脱。 |

艾诺巴勃斯 　那么，世界呀，你现在只剩下一对上下颚了，再无其他；
　　　　　　无论多少，把你所有的食物丢给它们，
　　　　　　它们就会咬牙切齿地咀嚼起来 [1]。安东尼在哪里？

艾洛斯 　他正在花园里散步，边走边像这样，
　　　　（模仿安东尼生气的步态）
　　　　狠狠地踢着脚下的草，嘴里还嚷道："这傻瓜雷必达！"
　　　　扬言要捉住他手下杀死庞培的将官，
　　　　用利刃来割断他的喉管。

艾诺巴勃斯 　我们雄伟的舰队已扬帆待发。

艾洛斯 　要开往意大利，征讨凯撒。还有，道密歇斯 [2]：
　　　　主帅传你立刻去见他，我的消息
　　　　以后再告诉你。

艾诺巴勃斯 　那就没什么价值啦，
　　　　不管它了。带我去见安东尼吧。

艾洛斯 　来吧，老兄。　　　　　　　　　　　　　　　　同下

1　暗示这世上只剩安东尼和凯撒两大巨头，无论为了什么，他们都会摩拳擦掌，争个你死我活。
2　道密歇斯是艾诺巴勃斯的名。

第六场 / 第十三景

罗马

阿格里帕、梅西纳斯与凯撒上

凯撒　　　他在亚历山大干下的这些事，都是在蔑视罗马，

还远不止这些。且听我说：

在市场里一座镀了白银的高坛上，

克莉奥佩特拉和他坐上黄金宝座，

当众加冕为王；在他们脚下坐着

凯撒里昂[1]，他们说是我父亲[2]的儿子，

还有他们淫乱通奸所生的一群儿女。

他正式把埃及的统治权

授予了她，让她成为了对

下叙利亚、塞浦路斯和吕底亚

有绝对统治权的女王。

梅西纳斯　这是当着公众的面举行的吗？

凯撒　　　他们就是在公众竞技广场上演了这一幕。

他当场就将他的几个儿子册封为王中之王：

米底、安息和亚美尼亚

归亚历山大；他封给托勒密的是

叙利亚、奇里乞亚和腓尼基。她呢，

那天打扮成了伊西斯女神的模样；

1　凯撒里昂是克莉奥佩特拉和尤力乌斯·凯撒所生之子。

2　即尤力乌斯·凯撒。

	据说，她以前接见臣民时， 常是这么一身靓装。
梅西纳斯	让整个罗马都知道这回事吧。
阿格里帕	罗马人早已厌恶他的骄横， 这样就更会对他失去好感。
凯撒	罗马人民已经知道了，现在又听闻 他讨罪的檄文。
阿格里帕	他讨谁的罪呀？
凯撒	凯撒：他指责我侵吞了塞克斯都·庞培 在西西里的领土，却没把他在岛上 应得的那份分给他；还说他借与我 一些船只，我不曾归还；末了， 他责备我不该罢黜雷必达， 破坏三执政的局面，还霸占了 他的全部财产。
阿格里帕	主帅，这可要跟他讲个清楚呀。
凯撒	已经答复他，派人带信给他了。 我告诉他，雷必达越来越 残暴专横，他滥用威权， 活该落得这么个下场。凡我所征服的， 我可以分给他一份；但同样， 在他的亚美尼亚和由他征服的其他王国， 他也得分我一份。
梅西纳斯	那他可绝不会答应的。
凯撒	那么在这一点上，我也绝不会让步。

屋大维娅率扈从上

屋大维娅	致敬，凯撒，我的主帅！致敬，最亲爱的凯撒！

凯撒	谁能料到有一天我得称你为弃妇！
屋大维娅	你从没这么称呼过我，现在也没有理由要这么称呼我。
凯撒	你怎么就这么不声不响地来见我？
	这可不像凯撒的姐姐：安东尼的妻子
	应该有大队的人马为她开道，
	还未见她的身影，远处就有战马嘶鸣，
	报告她的大驾来临；沿途的高树上
	密密麻麻地爬满了人，渴望一睹你的风采，
	因还不见所盼的人，巴望得心都焦了；不仅如此，
	你那浩浩荡荡的人马扬起的灰尘
	应直达天庭。可如今你就像
	一个市井女贩来到了罗马，
	叫我来不及为你举行盛大的欢迎仪式，
	这显得我们的手足之情寡淡无味。
	我本该派人在海上、在陆上迎接你，
	每到一处就有愈加盛大的欢迎。
屋大维娅	我的好弟弟，
	我这么悄悄地来，并非被逼无奈，
	而是出于自愿。我的夫君马克·安东尼，
	听说你在准备作战，便把
	这不幸的消息告诉了我，于是我就请求
	他准许我回来一趟。
凯撒	他这么爽快就答应了你，
	那是因为你是他纵欲享受的障碍。
屋大维娅	请别这么说，我的弟弟。
凯撒	我有眼线监视他，
	他的一举一动，我随时都有风闻。

　　　　　　　　　他现在身在何处?

屋大维娅　　　弟弟,他在雅典。

凯撒　　　　　不,我的被人骗苦了的姐姐呀,克莉奥佩特拉
　　　　　　　　　点点头就把他召唤去了。他把他的帝国
　　　　　　　　　拱手送给了一个娼妇;他们正在
　　　　　　　　　召集各国君王,准备开战。
　　　　　　　　　他已经召集了利比亚国王博克斯,
　　　　　　　　　卡帕多西亚的阿基劳斯,
　　　　　　　　　帕夫拉戈尼亚国王菲拉德尔福斯,
　　　　　　　　　色雷斯国王阿达拉斯,阿拉伯国王
　　　　　　　　　马勒库斯,本都国王,
　　　　　　　　　犹太的希律王,科马真国王米特拉达梯,
　　　　　　　　　米底国王波列蒙和利考尼亚国王阿敏塔斯,
　　　　　　　　　还有很多身居王位的君主。

屋大维娅　　　唉,我呀,真是个不幸的女人,
　　　　　　　　　我把一颗心分给了两个亲人,
　　　　　　　　　而他们却成了彼此相残的敌人!

凯撒　　　　　欢迎你回来!
　　　　　　　　　你的来信的确延缓了我们的冲突,
　　　　　　　　　可如今一切已经昭然:你被人愚弄,
　　　　　　　　　我们也因麻痹大意而陷入险境。
　　　　　　　　　宽心吧,不必为目前
　　　　　　　　　不可避免的局势而忧心忡忡;
　　　　　　　　　让命中注定之事一一应验吧,
　　　　　　　　　不要为之悲叹。欢迎回到罗马,
　　　　　　　　　你是我最亲的人。你受了
　　　　　　　　　想象不到的侮辱,天神在上,

　　　　　　　派我，派那些怜爱你的人，

　　　　　　　为你主持公道。愿你安心，

　　　　　　　我们都欢迎你。

阿格里帕　　欢迎您，夫人。

梅西纳斯　　欢迎您，亲爱的夫人。

　　　　　　　罗马的每一颗心都敬爱您，同情您。

　　　　　　　只有那放荡淫乱的安东尼，

　　　　　　　可恶至极，才会把您抛弃，

　　　　　　　让一个婊子把持大权，

　　　　　　　冲着我们叫嚣。

屋大维娅　　是这样吗，弟弟？

凯撒　　　　确实如此。姐姐，欢迎你：请你

　　　　　　　暂且安心忍耐，我最亲爱的姐姐！　　　　　　众人下

第七场 / 第十四景

希腊北部沿海，亚克兴角

克莉奥佩特拉与艾诺巴勃斯上

克莉奥佩特拉　这笔账我一定要跟你算，你等着瞧。

艾诺巴勃斯　可是为什么，为什么，为什么呀？

克莉奥佩特拉　你反对我亲自上战场，

　　　　　　　说什么我去不合适。

艾诺巴勃斯　对呀，合适吗，合适吗？

克莉奥佩特拉　即便不是直接向我宣战，为什么我就不能
　　　　　　　　亲自上阵呢？

艾诺巴勃斯　（旁白）好吧，我跟您这么说吧：
　　　　　　　要是我们把雄马和雌马一起赶上战场，
　　　　　　　雄马就废了。那雌马呢，
　　　　　　　驮着骑兵，还得驮雄马。

克莉奥佩特拉　你在说些什么呀？

艾诺巴勃斯　您一上战场，安东尼就一定会十分犯难；
　　　　　　　他的心绪被搅乱，他的大脑被搅浑，
　　　　　　　他的战机被搅黄，而这可不能有半点差池。
　　　　　　　他已经被人们指责行事轻率了；
　　　　　　　在罗马，人们都在说，这场战争
　　　　　　　是一个叫福蒂努斯的太监和几个侍女说了算。

克莉奥佩特拉　让罗马沉没吧，让那些毁谤我的舌头
　　　　　　　　统统烂掉！我要扛起主持战局的重任，
　　　　　　　　作为堂堂一国之君，我定要像一个男人般
　　　　　　　　亲自上阵。不要再反对，
　　　　　　　　我决不留在后方。

安东尼与凯尼狄厄斯上

艾诺巴勃斯　好，我没什么好说的了。
　　　　　　　皇上来啦。

安东尼　你说怪不怪，凯尼狄厄斯，
　　　　　　他从他林敦和布伦迪辛出发，
　　　　　　这么快就越过伊奥尼亚海，
　　　　　　占领了妥林？——你听说这个消息了吗，亲爱的？

克莉奥佩特拉　徘徊观望之辈才最惊叹
　　　　　　　　别人行事敏捷。

安东尼	骂得好,
	就像是出自一个堂堂男子之口的
	申斥惰怠的良言。凯尼狄厄斯,
	我们要在海上和他决战。
克莉奥佩特拉	在海上! 不在海上还要在哪儿呢?
凯尼狄厄斯	主上为什么要这么做?
安东尼	因为他在海上向我发起挑战。
艾诺巴勃斯	可是主上也曾要求他单人决斗啊。
凯尼狄厄斯	是呀,您还要求他在法萨利亚与您一决胜负,
	那是凯撒大败庞培[1]的地方。因为这些提议
	于他不利,于是他一摇头就拒绝了。
	您同样也可以拒绝他。
艾诺巴勃斯	您的舰队缺少得力的人手,
	您的水兵原是些赶骡的、种地的、
	被仓促拉来凑数的。凯撒的舰队里
	可都是与庞培在海上交过无数次手的精兵。
	他们的兵船轻便灵活,您的笨重迟缓:
	既然您准备好了在陆上与他交锋,
	拒绝在海上决战,也绝不丢脸。
安东尼	在海上,就在海上。
艾诺巴勃斯	最英明的主上,您这岂不是丢掉了
	在陆上无人能敌的军威,动摇了
	身经百战的步兵的军心,埋没了
	您声名远播的陆战才略,放弃了
	稳操胜券的战略,让自己陷入了

---

1 指尤力乌斯·凯撒大败庞培大帝。

岌岌可危的境地，放着
十拿九稳的胜利不要，
去冒那无谓的风险嘛！

安东尼　　我要在海上作战。

克莉奥佩特拉　　我可是有六十艘兵船，凯撒的舰队可比不上。

安东尼　　把多余的船只都给烧掉，
剩下的船只都满载将士，从亚克兴岬口出发，
迎头痛击来犯的凯撒舰队。假使失败，
我们还以在陆上扭转局势。——

一信差上

你有什么事？

信差　　消息属实，主上：有人看见他了。
凯撒已经占领了妥林。

安东尼　　他本人能亲自到那儿？这是不可能的！
真奇怪，那会是他的军队。凯尼狄厄斯，
你在陆上把守，我们的十九个军团
和一万两千名骑兵都归你统率。我到船上去：
走吧，我的忒提斯[1]！——

一兵士上

什么事，勇敢的士兵？

兵士　　噢，尊贵的皇上，别跟他们在海上打：
不要相信那些朽烂的船板。难道您还信不过
这刀剑，信不过我这满身的伤痕吗？
让那些埃及人和腓尼基人扑扑地跳进

1　忒提斯（Thetis）是海中神女，伟大的勇士阿喀琉斯（Achilles）的母亲；有时与尼罗河的母亲忒堤斯（Tethys）相混淆。

	水里去吧：我们习惯了脚踏大地、 短兵相接地赢取胜利。
安东尼	好啦，好啦，走吧!

安东尼、克莉奥佩特拉与艾诺巴勃斯下

兵士	凭赫剌克勒斯起誓，我想我这话没说错呀。
凯尼狄厄斯	战士，你是没说错。可是他的全部行动 已经不是他能操控的了。咱们的统帅被人牵着走， 咱们都成了娘儿们的男仆了。
兵士	您是在陆上把守， 保全军团和骑兵的实力，是不是？
凯尼狄厄斯	马尔库斯·奥克泰维斯、马尔库斯·杰斯蒂阿斯、 普布利科拉和凯利乌斯都去海上作战； 可我们要留下来，镇守陆地。 凯撒用兵神速，真出人意料。
兵士	当他还在罗马时， 他的军队就分头出发，瞒过了 所有探子的耳目。
凯尼狄厄斯	谁是他的副将，你听说了吗？
兵士	听说是一个叫陶勒斯的。
凯尼狄厄斯	我认识这个人。
一信差上	
信差	皇上召见凯尼狄厄斯。
凯尼狄厄斯	风云变幻的时期消息真多， 每一分钟就会来一个。 众人下

第八场 / 第十五景

亚克兴角

凯撒与陶勒斯率军队行进上

凯撒　　　　陶勒斯！

陶勒斯　　　主帅有什么吩咐？

凯撒　　　　不要在陆地上出击。保全实力，在我军
　　　　　　　结束海战之前，不要向对方发起挑战。
　　　　　　　（授以他一卷轴）要严格执行文件上的密令：
　　　　　　　成败与否，在此一举。　　　　　　　　众人下

第九场 / 景同前

安东尼与艾诺巴勒斯上

安东尼　　　把我们的军队调集到山的那一边，
　　　　　　　面对着凯撒的阵地，从那里
　　　　　　　我们可以看清敌人兵船的数目，
　　　　　　　也好应战自如。　　　　　　　　　　　同下

第十场 / 景同前

凯尼狄厄斯率其陆军自舞台一方行进上，过台面；凯撒副将陶勒斯率其所部自另一方上，过台面。两军皆下后，响起海上激战声。警号

艾诺巴勃斯上

艾诺巴勃斯　　完啦，完啦，全完蛋啦！我再也看不下去啦：
　　　　　　　埃及的旗舰"安东尼"号突然转舵就逃，
　　　　　　　那六十艘战船也跟在后面溃不成军：
　　　　　　　直看得我眼球都要爆裂啦。

斯卡勒斯上

斯卡勒斯　　男神哟，女神哟，
　　　　　　　所有的天神哟！

艾诺巴勃斯　　你为何如此气恼？

斯卡勒斯　　大半个世界都给输掉啦，
　　　　　　　只因那彻彻底底的愚蠢。
　　　　　　　我们吻别了多少的王国和州郡。

艾诺巴勃斯　　战势怎么样？

斯卡勒斯　　咱们这一边，像已盖上了瘟疫的印戳[1]，
　　　　　　　死亡是注定啦。那匹淫荡的埃及母马——
　　　　　　　真该让她患上麻风病！——就在双方
　　　　　　　干戈扰攘，像一对双胞胎难分胜负，
　　　　　　　不妨说，咱们还略占上风的时候，她呀，
　　　　　　　就像一头六月里的母牛，被牛虻叮上了身，

1　在瘟疫的最后阶段，会出现红斑（"上帝的印记"）。

扯起帆来就逃啦。

艾诺巴勃斯　　　那一幕我看到了：
看得我两眼无光天地暗，
不敢再睁眼。

斯卡勒斯　　　她刚一调转船头，
被她的魔力毁掉了英雄本色的安东尼，
也不顾自己尊贵的身份，像一只痴心的公鸭，
在战事最激烈之时，拍拍翅膀就向她追去了。
我还从没见过这么丢脸的事：
主帅的经验，男子汉的气概，英雄的荣誉，
都从没有这样被自己践踏。

艾诺巴勃斯　　　唉！唉！

凯尼狄厄斯上

凯尼狄厄斯　　咱们在海上的气数已尽，
已经令人痛心地覆没。如果咱们的主帅
还是从前的主帅，便不会沦落到这般田地。
噢，他自己公然立下了临阵脱逃的好榜样，
我们只好跟着逃命！

艾诺巴勃斯　　　唉！你当时也在那里吗？啊，那么，真的一切都完了。

凯尼狄厄斯　　他们都向伯罗奔尼撒逃去了。

斯卡勒斯　　　去那儿容易，我要去那儿
等候新的差遣。

凯尼狄厄斯　　我要归降于凯撒，
交出我的军团和骑兵：已经有六个国王
为我开了投降的路。

艾诺巴勃斯　　　我还是要追随
安东尼那遭受重创的命运，虽然我知道

这是在跟我的理智过不去。　　　　　　　　　　分头下

第十一场　　/　　第十六景

地点不详

安东尼率众侍从上

安东尼　　听！土地叫我从此不要再践踏它：

它羞于负载我这肮脏的躯体。朋友们，过来呀。

我在这世上已经陷入了黑漆漆的夜，已经永远

迷失了路途。我有一艘大船，

满载着黄金；快拿去，把它分了；逃命吧，

去向凯撒求和吧。

众侍从　　逃命？那不是我们干的事。

安东尼　　我自己都逃跑了，已经为懦夫们作了临阵脱逃的示范，

教他们脱下战甲。朋友们，你们都走吧：

我已为自己的命运做了打算，

不需再劳烦各位了。都走吧。

我那些金银珠宝都在港口：尽管去拿。啊，

我竟跟随了一个我羞于再见的人。

连我的头发都在互相吵闹，白发

埋怨棕发太鲁莽，棕发嘲笑白发

太胆小，太糊涂。朋友们，走吧。

我会写信给一些朋友，为你们找些出路。

　　　　　　请你们不要悲伤难过，也不要执意推脱：

　　　　　　如今我穷途末路，也就能做这么多了，

　　　　　　请各位把握我提供的机会吧。对于自暴自弃的我，

　　　　　　你们没有必要不弃不离。径直到海边去吧：

　　　　　　我把那艘船和船上的财物都给你们。

　　　　　　我请求你们暂时离开我。现在就请求你们，

　　　　　　别这样，快走吧，因为我已经没有权力再命令你们：

　　　　　　所以我请求你们，我们随后再见吧。　　坐下，众侍从下

查米恩、伊拉丝与艾洛斯扶克莉奥佩特拉上

艾洛斯　　　　别怕，好娘娘，上前去呀，安慰安慰他。

伊拉丝　　　　去吧，最亲爱的女王。

查米恩　　　　上前去呀？唉，不过去又该怎么办呢？

克莉奥佩特拉　让我坐下来。天后朱诺[1]呀！

安东尼　　　　不，不，不，不，不！

艾洛斯　　　　您看是谁坐在您身旁，主上？

安东尼　　　　噢，呸，呸，呸！

查米恩　　　　娘娘！

伊拉丝　　　　娘娘，噢，好女王！

艾洛斯　　　　主上，主上——

安东尼　　　　是呀，阁下，是呀[2]；在菲利皮，

　　　　　　他[3]就像舞者一般，剑在鞘中只为装饰；

　　　　　　是我刺死了那枯瘦不堪、满脸皱纹的卡西乌斯，

　　　　　　是我结果了那发疯似的布鲁图；

1　朱诺（Juno）是罗马神话中的天后，朱庇特之妻。

2　安东尼陷入了沉思中，没有注意到克莉奥佩特拉的到来，在与心中所想之人说话。

3　这里的"他"指屋大维·凯撒。

而他只会靠部下打仗，激战中他只是作壁上观；
可现在呢，算了吧。

克莉奥佩特拉 啊，快扶着我。

艾洛斯 女王来了，主上，女王来了！

伊拉丝 上前去吧，娘娘，去跟他说句话：
他已经羞愧得不像个男子汉了。

克莉奥佩特拉 那么好吧，扶着我。噢！

艾洛斯 最尊贵的主上，请起身吧，女王来了。
她低垂着头，死神要把她夺去了，
只有您的抚慰才能救她一命。

安东尼 我已经毁了自己的一世英名，
铸就了这极不光彩的错误。

艾洛斯 主上，女王来了！

安东尼 啊，你把我领到哪儿去了，埃及女王？
瞧，我不愿在你的眼前丢人现眼，
正在为自己的溃逃所带来的耻辱
而独自怆然。

克莉奥佩特拉 啊，我的主上，我的主上，
原谅我扬帆惊逃，我没想到
你竟会在后面跟随。

安东尼 埃及女王，你明明心里再清楚不过，
我的心被绳索系在了你的舵上，
你一走就会把我也拖着走。你知道，
你主宰着我的灵魂，你冲我一点头，
就算是天神的命令，我也得
先撇一边。

克莉奥佩特拉 啊，原谅我吧！

安东尼	现在我必须
	向那青年人乞和，在他面前
	低三下四，支支吾吾。想当初，
	我曾将半个世界玩弄于掌心，
	手握生死赏罚的大权。你也深知
	我早已拜倒在你的石榴裙下，
	我的刀剑早已被爱情熔化，变得软弱无力，
	无论什么吩咐，只知道乖乖地服从。
克莉奥佩特拉	原谅我，原谅我！
安东尼	不要掉下一滴眼泪，听我说。你的一滴泪珠
	抵得上我得而复失的一切。给我一个吻吧：（两人亲吻）
	这一吻就够补偿我了。
	我差了那个教书的去：他回来了吗？
	爱人，我像被灌满了铅。来点酒，
	再来点吃的！命运之神知道，
	她越打击我，我越不把她放在眼里。

众人下

第十二场 / 第十七景

亚历山大城外凯撒营地

凯撒、阿格里帕、西狄阿斯与道拉培拉率其他人上

凯撒	叫安东尼的那个使者进来。
	你们认识他吗？

道拉培拉	凯撒，那是他的教书匠。
	可见他双翼上的羽毛都给拔光了，
	只差来了一个鸡毛蒜皮的小喽啰。
	之前多少国王甘愿为他当信差呢，
	这才过了几个月。

安东尼派遣之使节上

凯撒	上前来，有话快说吧。
使节	我前来求见，是奉了安东尼之命。
	不久前，我地位卑微，无足轻重，
	与他那片壮阔的汪洋相比，我不过就是
	桃金娘[1]叶上的一滴晨露。
凯撒	得啦，说明你的来意吧。
使节	您是主宰他命运的主人，他向您致敬，
	请求您允许他留在埃及；若您不准，
	他愿降格以求，只求您
	在天地之间给他个喘息之所，
	在雅典做一个平民：这是他要我对您说的话。
	至于克莉奥佩特拉，她承认您厥功至伟，
	甘愿臣服于您的威力之下，她恳求您
	准许她的后代承袭托勒密王朝的王冠，
	这全仰赖您的宽厚仁慈了。
凯撒	对于安东尼的请求，
	只当我没有听见。女王若是愿意来见我，
	或是有什么请求，我都会答应，只要她

---

1 桃金娘（myrtle）是地中海地区的一种灌木，芳香宜人；它是维纳斯的圣树，象征着爱情、和平和荣誉。

把她那名誉扫地的朋友驱逐出埃及，
或是就地处决。如果她肯这样去做，对她的请求
我不会充耳不闻。就这样去回复他们俩吧。

使节　　　　愿您好运相随！

凯撒　　　　送他出我们的营地。——　　　　　　侍从引教书先生下
（对西狄阿斯）试验你的口才的时候到了。快去吧。
去把克莉奥佩特拉从安东尼手里夺过来。
只管以我的名义答应她所有的要求：还可
照你的意思，多许诺一些甜头。女人嘛，
最幸福的时候也抵挡不了诱惑，一旦陷入困境，
冰洁圣女都难守贞操。施展你的本领吧，西狄阿斯：
事成之后，酬劳随你要，我定会如遵守法律般
赏赐与你。

西狄阿斯　　凯撒，我这就出发。

凯撒　　　　留心观察落魄的安东尼有何表现，
从他的一举一动中窥探
他有何意向。

西狄阿斯　　凯撒，遵命。　　　　　　　　　　　　　　　众人下

第十三场　/　第十八景

亚历山大

克莉奥佩特拉、艾诺巴勃斯、查米恩与伊拉丝上

克莉奥佩特拉　我们怎么办呢，艾诺巴勃斯？

艾诺巴勃斯	苦思冥想，寻死吧。
克莉奥佩特拉	这到底是安东尼的错还是我的错？
艾诺巴勃斯	全是安东尼一个人的错，他让情欲 做了理智的主人。两军对峙，声势吓人， 您被吓得临阵脱逃，那有什么关系？ 他为什么要跟着逃呢？正当世界的两半 拼得你死我活的时候，作为一个 身系全局的核心人物，他本不该让 儿女私情操控统帅的韬略。他就这么 追随您的旗舰而去，只剩得 他的海军将士们目瞪口呆； 他不光是输了战斗，还丢了颜面。
克莉奥佩特拉	请你别说了。

安东尼与使节上

安东尼	这就是他的答复吗？
使节	是的，主上。
安东尼	女王可以得到礼遇，只要 她肯将我交出。
使节	他是这么说的。
安东尼	让她知晓他的意思。 提着我这颗鬓发斑白的头颅送给凯撒那小子， 他就会满足你的每一个愿望，还会赐你 封邑之地。
克莉奥佩特拉	那一颗头颅，我的主君？
安东尼	再去一趟。告诉他，他正值 风华正茂之年，该让世人看看 他有何非凡之处：他的钱币、舰船、军队，

也许只是归一个懦夫所有；他的阁僚部下
辅佐凯撒，就如同服侍一个
乳臭未干的毛头小子。所以我向他挑战，
叫他收起他那花巧的辞令，痛痛快快地
单独跟我来场剑对剑的决斗。
我这就去写信：跟我来。　　　　　安东尼与使节下

艾诺巴勃斯　　（旁白）是呀，太有可能啦，统率雄师的凯撒
会抛开他的洪福威严，跟一个剑客
公开上演一场决斗。我算是看明白了，人们的理智
和命运是息息相通的，外界事务的衰微
牵引着内在的心灵也走向颓败。
饱谙世故的他，居然还痴想着
权势鼎盛的凯撒会和他那样一无所有的人 [1]
进行决斗。凯撒呀，你把他的理智
也同时击垮了。

一仆人上

仆从　　　　凯撒派信差来了。

克莉奥佩特拉　怎么，连规矩都不讲了吗？瞧，姑娘们，
人家只会在含苞待放的蓓蕾前屈膝，
待到花残玉殒时就纷纷掩鼻了。你让他进来吧。　　仆人下

艾诺巴勃斯　　（旁白）我的忠心开始跟我争吵起来了，
对一个傻瓜丹诚相许，会让自己的
忠诚也沦为愚蠢。可是谁要能够
忠贞不渝地追随一个虎落平川的主人，

1　原文中的 measures 指的是标准容积的器皿；此处将权力与满盈的杯子和空杯子并置打比方，
　　分别表示权势鼎盛和一无所有之意。

那么，虽然主人被命运征服，

他却征服了命运，得以在青史留名。

西狄阿斯上

克莉奥佩特拉　凯撒有何打算？

西狄阿斯　请借一步说话。

克莉奥佩特拉　这儿全是朋友：放胆说吧。

西狄阿斯　呃，只怕他们也是安东尼的朋友。

艾诺巴勃斯　他需要像凯撒一样多的朋友，阁下，

否则他就不需要我们啦。只要凯撒乐意，我们的主人

会扑过去交他这位朋友；我们嘛，您也知道，

他的朋友就是我们的朋友，那我们自然也就是凯撒的朋友了。

西狄阿斯　好。

那么，最有声誉的女王：凯撒

请您不要为目前的处境忧心，

只需想他是凯撒。

克莉奥佩特拉　说下去：尊贵的使者。

西狄阿斯　他知道，您投入安东尼的怀抱，

不是因为爱他，而是因为怕他。

克莉奥佩特拉　噢！

西狄阿斯　所以，您的荣誉结下了伤疤，他是

万分怜惜，那是强加的玷辱，

不是您命里应得的。

克莉奥佩特拉　他真是一位天神，能够明察秋毫：

我的荣誉并非是自愿放弃的，

而是被人征服强夺的。

艾诺巴勃斯　（旁白）这我倒要

向安东尼问个清楚。主上，主上，你这条破船

已经是百孔千疮，我们只好离你而去，任由你沉没，

因为你最亲爱的人也将抛弃你了。　　　　艾诺巴勃斯下

西狄阿斯　　要不要我向凯撒

转达您的要求？因为他几乎是请求您

让他施恩与您。要是您愿意将他的命运

作为您的倚仗，他会十分高兴。可是，

如果他从我的口中得知，

您已经离开了安东尼，把自己置身于

他这位全世界的主人的羽翼¹之下，

那才叫他心里暖得麻酥酥呢。

克莉奥佩特拉　　你叫什么名字？

西狄阿斯　　我叫西狄阿斯。

克莉奥佩特拉　　最善良的使者，

代我这样回禀伟大的凯撒：

我亲吻他那征服一切的手；告诉他，我随时

准备把我的王冠放在他的脚下，在他面前

长跪不起；告诉他，我静候他的举世臣服的诏谕

对埃及命运的判决。

西狄阿斯　　这才是您的康庄大道。

当智慧与命运相争，

如果智慧胆大持恒，那命运就只好

悻悻离去了。承蒙您的恩典，

请准许我吻您的手。

克莉奥佩特拉　　（伸出手让他吻）当初，你们凯撒的父亲时常——

当他想要征服王土的时候——

1　原文中的 shroud 一语双关，暗指不祥的裹尸布。

把嘴唇凑在这个微贱之处，

好似雨点一般亲吻。

安东尼与艾诺巴勃斯上

安东尼　　这是恩典[1]吗？凭着发出雷霆之威的乔武起誓！

你这奴才，算什么东西？

西狄阿斯　我只是一个奉了这天下

最有威权、最值得服从的人的命令

而来的使者。

艾诺巴勃斯　（旁白）你要挨一顿鞭子了。

安东尼　　（呼唤众仆人）来人！——啊，你这骚货！——

唉，天神和魔鬼哟！

我的权威全都化为乌有了。以前只要我喊一声"嘿！"，

一个个国王就会像游戏中一群哄抢东西的孩子，争先恐后，

挤上前来，问我："您有何吩咐？"你们没长耳朵吗？

我还是安东尼呢。——把这奴才拉出去，抽一顿鞭子！

一仆人上，其他仆人随上

艾诺巴勃斯　（旁白）宁可跟一头幼狮玩耍，

也不要去招惹一头濒死的老狮。

安东尼　　月亮和星辰哪！

狠狠地鞭打他。即使是二十个向凯撒纳贡称臣的

最大君王，只要让我看见他们敢这样放肆地

玩弄她的手——就是这个女人，她从前叫

克莉奥佩特拉，现在叫什么？狠狠地给我抽，伙计们，

直抽到他像个小孩一般扭曲着脸，

大声哭喊求饶。把他给我拉出去。

1　指西狄阿斯被允许亲吻克莉奥佩特拉的手，具有性的暗示。

西狄阿斯	马克·安东尼！
安东尼	把他拖出去：抽过了鞭子，再把他
	带进来。我要叫这凯撒的狗奴才
	给我跑个腿儿。　　　　　　　　众仆人拖西狄阿斯下
	我认识你以前，你就已经是枝半谢的残花儿了：哈？
	我在罗马的衾枕从未留下痕迹，我不曾和
	任何一个如珍宝般的女人生下合法的儿女；
	反倒落得被一个向奴才们
	卖弄风骚的女人给愚弄了吗？
克莉奥佩特拉	我的好主君——
安东尼	你从来都是一个卖俏迎奸的女人！
	当我沉溺于荒淫罪恶的时候——
	噢，可悲呀！——明智的天神缝合了我的双眼，
	把我清醒的理智丢进了污秽里，
	让我在犯下错误时还沾沾自喜，
	看着我大摇大摆地走向迷途，还在一旁暗笑。
克莉奥佩特拉	噢，竟会到如此地步了吗？
安东尼	当初我遇见你的时候，你就是已故的凯撒餐盘里的
	一块冰冷的残肉：不仅如此，还是格奈乌斯·庞培嘴里的
	残羹剩饭；除这之外，还不知道你有多少
	不为世人所知的更纵欲淫荡的温存时刻。
	因为我敢保证，虽然你能猜想贞节
	应该是什么样的东西，但你根本不知道
	它究竟是什么！
克莉奥佩特拉	为什么你要说这种话呀？
安东尼	让一个得了赏赐、

说"上帝保佑您！"[1]的奴才玩弄

我所爱抚过的那只手，那可是

两颗高贵的心相印的神圣见证！啊，

我要站在那巴珊山[2]上放声怒吼，

盖过那长角的公牛的咆哮声！

因为我怒火中烧，如不让我像那野兽般发泄，

那无异于脖子套上了绞索，还要感谢

刽子手下手干净利索。——他挨过鞭子了吗？

一仆人押西狄阿斯上

仆人　　狠狠地抽了一顿，主上。

安东尼　他哭喊了吗？求饶了吗？

仆人　　他求饶了。

安东尼　（对西狄阿斯）要是你的父亲还活在世上，让他悔恨吧，

悔恨你为什么不是他的女儿；你也后悔吧，

后悔追随胜利的凯撒，因为追随他

而吃了这好一顿鞭子。从今以后，

愿你见到女人白皙的纤手就吓得像害热病似的

浑身发抖，直冒汗。滚回到凯撒跟前去：

把你受到的款待告诉他；别忘记转告他，

他气恼了我。因为他傲慢狂妄，

对失势的我咧咧不休；可对从前我的荣耀

他是缄口不言。他叫我恼怒；

这个时候让我恼怒是最容易不过的事，

1　原文中的"God quit you!"是地位卑微的人表示感谢的表达方式。

2　巴珊山（Hill of Basan）位于加利利海（Sea of Galilee）附近，据《圣经·旧约·诗篇》第22章第12节描述，"许多公牛"时常没出于巴珊山。

因为从前给我引路的幸运星

已经脱离了轨道，把它们那火一般的光芒

射进了地狱的深渊。要是他不喜欢

我所说的话、我所做的事，告诉他，我有一个

已赎身的奴隶，希帕科斯，在他那儿 [1]；

他要想报复我，尽可随意鞭打他，

或吊死他，或用酷刑折磨他。你可以怂恿他。

带着你满身的鞭痕，滚吧！　　　　　　仆人押西狄阿斯下

克莉奥佩特拉	你发泄完了吗？
安东尼	唉！我们人世间的月亮 [2] 现在已暗淡缺蚀， 只预兆着安东尼的陨落消逝。
克莉奥佩特拉	我必须等他泄完心中的怒气。
安东尼	为了讨好凯撒，你竟愿跟一个服侍他 穿衣束带的奴才眉来眼去吗？
克莉奥佩特拉	你还不知道我这颗心吗？
安东尼	那颗对我冷冰冰的心吗？
克莉奥佩特拉	噢，亲爱的，如果我真是这样， 就让上天在我这冰冷的心房里酿成冰雹， 并使这酝酿冰雹的心房中毒；让那第一颗 冰雹落在我的头上：冰雹融化之时， 我的生命也随之消失！接着毒死凯撒里昂， 直到我含辛茹苦哺育的孩子们，连同 我那勇敢的埃及人民，全都一个接一个地 被这融化的如暴雨般的冰雹毒死，

1　实际上是这个奴隶背弃安东尼，投奔了凯撒。
2　人世间的月亮女神，此处指克莉奥佩特拉，让人联想到月亮女神伊西斯。

	死无葬身之地，只待
	尼罗河畔的蝇蚋将他们叮噬！
安东尼	我气顺了。
	凯撒已在亚历山大安营扎寨，
	我要在那里跟他一决雌雄。我们的陆军
	英勇地守住了阵地，我们溃散的海军
	又集结了起来，我们的舰队也恢复了海上雄姿。
	你去哪里了呀，我的心肝？你听见了吗，我的爱人？
	要是我能从战场上归来再亲吻
	你的双唇，我将浑身血迹斑斑地出现在你面前；
	我和我这把剑将要留名青史：
	还大有希望呢。
克莉奥佩特拉	这才是我的英勇的主君！
安东尼	我会使出三倍的体力、三倍的勇气、三倍的精神，
	毫不眨眼地奋力厮杀。在我顺风顺水、
	命运交好的时候，俘虏们往往在博得我的一笑之后
	就得到了赦免。可如今，我要紧咬牙关，
	谁挡了我的去路，我就送谁去阴曹地府。
	来，让我们再共度一个痛快的夜晚：
	把我那些愁眉苦脸的将领们都叫来；再一次斟满酒杯；
	让我们不要理会那夜半的钟声。
克莉奥佩特拉	今天是我的生日：
	我本想草草度过，但是既然我的主君
	又是原来的安东尼了，我将还是原来的克莉奥佩特拉。
安东尼	我们还要有一番作为哩。
克莉奥佩特拉	（对查米恩与伊拉丝）去把英勇的将领们都叫来见主上！
安东尼	去叫吧，我有话要跟他们说，今晚

我要灌得他们的伤疤上都泛出酒色。来吧，我的女王，
我们的元气尚在。这一次上阵杀敌，
我要让死神爱上我，因为我甚至要跟他那瘟疫般的
镰刀一决高下。　　　　　　　除艾诺巴勃斯外众人下

艾诺巴勃斯　　现在，他要用杀气腾腾的目光压倒闪电的光芒了。
盛怒之下，一个人会无所畏惧，这时，
鸽子也敢啄苍鹰了；我看，
咱们的主帅丧失了理智，
才重拾了勇气。当鲁莽将理智捕获时，
一并把拼杀的刀剑也没收了。
我得找个机会离开他了。　　　　　　　　　　　下

第四幕

亚历山大城外凯撒营地

凯撒读信上，阿格里帕、梅西纳斯及凯撒的军队随上

凯撒　　　　他称我为嫩头青，把我辱骂一通，好像
　　　　　　他有力量把我赶出埃及似的。我派去的使者
　　　　　　挨了他好一顿鞭子；他还挑衅要跟我
　　　　　　一对一决斗，凯撒对安东尼！
　　　　　　让这老贼醒醒吧，我要死，
　　　　　　别的办法有的是：他向我挑战，简直可笑。

梅西纳斯　　凯撒一定想得到，
　　　　　　这样一个大人物开始狂怒咆哮的时候，定是
　　　　　　被逼到了悬崖，已走投无路。不要给他
　　　　　　喘息的机会，现在就利用他的狂暴焦躁：
　　　　　　一个人怒气填胸时，往往会疏于防范。

凯撒　　　　传令全营将领，
　　　　　　明天这一场战斗将是最后的决战。
　　　　　　我们的队伍里有不少最近还在为马克·安东尼
　　　　　　效命的部下，光是这些人就足以将他生擒。
　　　　　　你速速去办，我要设宴犒劳全军。我们
　　　　　　有的是军粮，将士们出生入死，
　　　　　　该尽情大吃大喝。可怜的安东尼呀！

　　　　　　　　　　　　　　　　　　　　　众人下

第二场　　／　　第二十景

亚历山大

安东尼、克莉奥佩特拉、艾诺巴勃斯、查米恩、伊拉丝、艾勒克萨斯率其他
人上

安东尼	他不肯跟我决斗，道密歇斯[1]？
艾诺巴勃斯	他不肯。
安东尼	他为什么不肯？
艾诺巴勃斯	他认为，他的命运胜过您二十倍，
	他一个人可抵得上二十个人。
安东尼	明天，我的战士，
	我要在海上和陆上同时作战：我要么得胜
	活着回来，要么用热血洗刷我濒死的荣誉，
	让它重获新生[2]。你愿意随我奋力一战吗？
艾诺巴勃斯	我要舍命搏杀，高喊："有本事的通吃[3]。"
安东尼	说得好。来吧。
	把家里的仆从都叫来，让我们今晚

三四仆人上

尽情享受丰盛的大餐吧。——把你的手给我：
你一向赤胆忠心。——你也是。——
你，你，还有你；你们都曾经悉心侍奉我，

1　这是安东尼唯一一次称呼艾诺巴勃斯的名。

2　此处为隐喻，人们相信用热血沐浴可治愈衰竭性疾病。

3　原文中 Take all 指 Winner takes all，即"赢家通吃"，是赌博用语，暗指由于战败降下风帆，
　　弃甲投戈。

那些国王们也曾跟你们一样。

克莉奥佩特拉 （旁白。对艾诺巴勃斯）这是什么意思？

艾诺巴勃斯 （旁白。对克莉奥佩特拉）人在悲伤难过时，怪念头
就跟着冒出来了。

安东尼 你也很忠诚：
但愿我能化身为你们这么多人，
而你们能合身为一个安东尼，
那样，我也能为你们尽忠效劳，
就像你们曾经为我鞠躬尽瘁一样。

众仆人 天神决不准许！

安东尼 好，我的好伙计们，今晚你们还要在我左右侍奉：
把我的酒杯斟满，像从前一样，
我是一国之主，举国上下也跟你们一样
都听命于我。

克莉奥佩特拉 （旁白。对艾诺巴勃斯）他这是什么意思？

艾诺巴勃斯 （旁白。对克莉奥佩特拉）要撩拨出他这些仆从们的眼泪。

安东尼 今夜你们来侍候我：
也许，你们所能尽的职责也就到此为止了。
也许，你们将再也见不到我了；即使再见到了，
也可能是一个残缺不全的鬼魂。也许，明天
你们就要服侍新主人了。我瞧着你们，
就像在作临行前的告别。我忠心的朋友们，
不是我要抛弃你们，你们对我尽心竭力，这份
主仆之情就像令人动容的婚姻，叫人至死不渝。
今夜再侍候我两小时，我别无他求了，
天神会给你们回报。

艾诺巴勃斯 您这是什么意思，主上，

引得大伙儿心里不是滋味儿？瞧，他们都掉眼泪啦，

连我这头驴子，眼睛也有些火辣辣。丢死人了，

别让我们都成了娘儿们。

安东尼　　哈，哈，哈！

我要存着这个心，让女巫来妖惑我！

在眼泪掉落的地方生出芸香草[1]来吧！好心肠的朋友们，

你们把我的处境想得过于凄切悲凉，

我本是要安慰你们的，想请你们用火把

点亮这个夜晚，通宵狂欢：要知道，我的知心朋友们，

我对明天可抱着很大的希望呢；我要带领你们

踏上凯旋而归的大道，而不是掉进

光荣赴死的阴沟。咱们去饱餐一顿，来，

把那忧思统统浸没在酒杯里。　　　　　　　众人下

第三场　　/　　第二十一景

一队兵士上

兵士甲　　兄弟，晚安：明天就是决战的日子了。

兵士乙　　胜负明天就要见分晓了。再会。

你有没有在街上听到什么新鲜事儿？

兵士甲　　没有。有什么消息？

1　原文中 grace 即 the herb of grace（rue），芸香草，与天神的恩惠（grace）双关。

兵士乙　　　多半只是个谣传吧。祝你晚安。

兵士甲　　　好吧，兄弟，晚安。

他们迎面遇见其他兵士

兵士乙　　　弟兄们，要留神警戒呀。

兵士丙　　　你也留点神。晚安，晚安。

他们在舞台各角就位

兵士乙　　　我们就在这儿守着：如果明天

　　　　　　　咱们的海军能得胜，我敢保证

　　　　　　　咱们的陆军绝对挺得住。

兵士甲　　　这是一支英勇的军队，充满了决心。

舞台下双簧管乐起

兵士乙　　　嘘！什么声音？

兵士甲　　　听，听！

兵士乙　　　听啊！

兵士甲　　　空中的乐声。

兵士丙　　　在地下。

兵士丁　　　这是好兆头，是不是？

兵士丙　　　不。

兵士甲　　　别出声，喂！这究竟是什么意思？

兵士乙　　　这是安东尼敬爱的天神赫剌克勒斯，

　　　　　　　现在离开他了。

兵士甲　　　走。我们去问问别的岗哨有没有

　　　　　　　听见刚才这声音。

兵士乙　　　嘿，弟兄们？

众兵士　　　（齐声说）怎么样？怎么样？你们听见这声音了吗？

兵士甲　　　听见啦，这不是很奇怪吗？

兵士丙　　　你们听见了吗，弟兄们？你们听见了吗？

兵士甲	跟着这声音走，直到我们最远的哨所。
	让我们听听它怎么消失。
众兵士	好。真怪。 众人下

第四场 / 第二十二景

安东尼与克莉奥佩特拉率其他人上

安东尼	艾洛斯！我的盔甲，艾洛斯！
克莉奥佩特拉	再睡一会儿吧。
安东尼	不睡了，我的宝贝儿。艾洛斯！来，我的盔甲，艾洛斯！

艾洛斯上，执盔甲

	来，好伙计，替我穿上你手中的铁甲。
	要是我们今天得不到命运女神的眷顾，
	那都是因为我们藐视她的缘故。来吧。
克莉奥佩特拉	不，让我也来帮帮你，安东尼。
	（拿起一片盔甲）这东西作什么用的？
安东尼	啊，别管啦，别管啦！你是给我的心
	披上战甲的人儿。错啦，错啦：这一片，这一片！
克莉奥佩特拉	是拼错了，哎哟，我来帮忙：（她帮安东尼披挂盔甲）这下
	总该对了吧。
安东尼	好了，好了，
	现在我们定会旗开得胜。你看见了吗，我的好伙计？
	去，你也把护身的铠甲披戴起来。

艾洛斯	马上就好，主上。
克莉奥佩特拉	这扣子不是扣得很好吗？
安东尼	好极了，好极了：

除非我自愿卸下铠甲安息，否则谁要胆敢

扯开这扣子，他定会听到暴风雨的咆哮声。

你怎么笨手笨脚的，艾洛斯，我的女王

倒是个比你麻利的侍从呢：快点！——噢，爱人，

要是你今天能看到我在战场上的雄姿，又知晓

这帝王的伟业，你就会看到

一个真正卓越的战士。——

一兵士穿盔甲上

早安！欢迎！

你瞧上去真是个骁勇善战的战士：

对于心爱的事业，我们总是一早起身，

精神高涨地奔赴自己的岗位。

兵士	主上，时间虽早，

已经有一千人披甲戴盔，

在城门口等候您了。

呼喊声。喇叭齐奏花腔

众将官与兵士上

将官	今早天气真好。早安，主帅。
众人	早安，主帅。
安东尼	军号吹得好，孩子们。

今天的清晨，像一个精神抖擞、

决心要立身扬名的少年，早早就踏上了征程。——

（对克莉奥佩特拉）好，好。来，把那个给我。这边，好极了。

再会吧，夫人。我此去吉凶未卜，

（亲吻她）这是一个军人的吻：拘泥于
更多世俗的繁文缛节，只怕
要受人指责耻笑了。现在，我要像一个
钢铁般的男人向你告别。——愿意跟我驰骋沙场的，
紧随我来。我带领你们奔赴战场。——再会。

众人下。克莉奥佩特拉与查米恩留场

查米恩　　　请您回您的房里歇息吧？
克莉奥佩特拉　带我回去吧。
　　　　　　　他雄赳赳地出发了。这场大战要是
　　　　　　　由他和凯撒一对一的决斗来决定胜负该多好啊！
　　　　　　　那时候，安东尼——可如今……算了，走吧。　　同下

第五场　／　第二十三景

亚历山大城外安东尼营地
号角齐鸣。安东尼与艾洛斯上，一兵士迎上前
兵士　　　愿天神保佑安东尼今天大胜！
安东尼　　只愿当初你和你的这一身伤疤说服了我，
　　　　　　让我在陆上作战！
兵士　　　您要是早听了我的劝，
　　　　　　那些国王们就不会背叛您，今天早晨
　　　　　　也不会有人离弃您，他们还会
　　　　　　追随您的脚步。

安东尼	今天早晨谁逃走啦？
兵士	谁？
	他一向是您的亲信：您喊艾诺巴勃斯的名字，
	他可听不见啦，或许他会从凯撒的军营
	回答您："我已经不是你的人啦。"
安东尼	你说什么？
兵士	主帅，
	他已经投靠凯撒了。
艾洛斯	主帅，他的箱子和财宝
	都没带走。
安东尼	他走了吗？
兵士	千真万确。
安东尼	去，艾洛斯，把他的钱财送过去：快去；
	一点儿都别落下，我命令你。写封信给他——
	我来署名——表达对他的辞别和祝贺；
	就说我希望他今后不会再有理由改换主人。
	啊，我这衰败的命运竟叫一个忠实的人
	变了心！快去吧。——艾诺巴勃斯！ 众人下

第六场 / 第二十四景

亚历山大城外凯撒营地

喇叭奏花腔。阿格里帕与凯撒上，艾诺巴勃斯与道拉培拉随上

凯撒	出发吧，阿格里帕，你去打头阵。

我们今天要活捉安东尼：

传令全军。

阿格里帕　凯撒，遵命。　　　　　　　　　　　　　　　下

凯撒　天下太平[1]的日子已指日可待：

如果今天一战告捷，这三角[2]的世界

从此便会戴上橄榄花环[3]。

一信差上

信差　安东尼已经上战场了。

凯撒　去吩咐阿格里帕

把那些叛军安插在队伍最前沿，

充当前锋，让安东尼就像是把怒火

发泄在自己身上。　　　　众人下。艾诺巴勃斯留场

艾诺巴勃斯　艾勒克萨斯是叛变了，他奉了

安东尼的命去犹太，却劝说

犹太的希律王归顺凯撒，

抛弃他的主人安东尼。为了这份苦劳，

凯撒已经把他绞死。凯尼狄厄斯和其余

叛逃的将士虽然被收留，

但并没有得到重用。我已经做了错事，

连自己都痛恨自己，

今后快乐再也与我无缘了。

一凯撒的兵士上

1　原文中的 universal peace 指"罗马和平"（the *Pax Romana*），是在奥古斯都大帝（屋大维·凯撒统一罗马后的头衔）统治下的相当长的一段相对和平时期；也是基督纪元的开始。

2　指罗马三执政的三足鼎立格局，或指欧洲、非洲和亚洲三大洲。

3　古罗马人以橄榄花环象征和平。

兵士	艾诺巴勃斯，安东尼 给你送来了你所有的财宝，还添了 他给你的额外的丰厚赏赐。派来的人 是在我当值守卫的时候进来的，这会儿 正在你的营帐前从骡背上往下搬卸呢。
艾诺巴勃斯	那些东西都送给你吧。
兵士	别开玩笑啦，艾诺巴勃斯。 我说的是真话：你最好自己把那送东西的人 护送出军营。我有职务在身， 要不然我就送他一程了。你们的皇上 到底还是一尊天神哩。　　　　　　　　　　下
艾诺巴勃斯	这世上，只有我是个卑鄙无耻的坏蛋， 谁都无法与我感同身受。啊，安东尼， 你是慷慨的源泉，我这样龌龊下作， 你尚且赏赐我这许多黄金；要是我忠贞不渝， 你将怎样奖赏我呢？！这让我的心都迸裂了。 如果这骤涌的绝望不能让我的心破碎， 将会有比绝望更干脆的手段¹，但我觉得， 这绝望就足够了。我要与你抗争？不， 我要找一条泥沟来结束生命：那最污浊之处 才最适合做我残生的归宿。　　　　　　　　下

1 即自杀。

第七场 / 第二十五景

亚历山大城外战场

警号。鼓号齐鸣。阿格里帕与其他人上

阿格里帕　　　撤退吧，我们已经过于深入敌军阵地：

　　　　　　　　凯撒自己正陷于苦战，我们遭遇的顽强抵抗

　　　　　　　　超出了我们的预料。　　　　　　　　　　下

警号。安东尼与负伤的斯卡勒斯上

斯卡勒斯　　　啊，我的英勇的皇上，这才叫打仗！

　　　　　　　　如果我们起初就这么干，我们早把他们

　　　　　　　　打得满头挂彩，窜回老家了。（远处收兵号）

安东尼　　　　你的血流得很厉害。

斯卡勒斯　　　我这儿有个伤口，本来像个"T"，

　　　　　　　　但是现在变成"H"啦。

安东尼　　　　他们撤退了。

斯卡勒斯　　　我们要把他们打到茅坑里去。我身上

　　　　　　　　再挨六刀都没问题。

艾洛斯上

艾洛斯　　　　他们被打得落花流水，主上，我们占了先机，

　　　　　　　　可要大获全胜了。

斯卡勒斯　　　让我们在他们的背上刻画印记，

　　　　　　　　然后像抓兔子般从后面将他们逮住！

　　　　　　　　追打逃兵可是个有趣的活儿。

安东尼　　　　我要奖赏你，

　　　　　　　　奖赏你这让人精神一振的笑谈，还要十倍地

重赏你的杀敌之勇。随我来吧。

斯卡勒斯　　我会一瘸一拐地跟在您后面。　　　　　　　　众人下

第八场 / 景同前

警号。安东尼重又行进上，斯卡勒斯率其他人随上

安东尼　　我们已经把他打回了自己的营地；先派一人

去向女王禀报我们的战绩。明天，　　　　　一兵士下

太阳醒来之前，我们就让今天

逃掉的敌人血溅战场。我感谢诸位将士，

在战场上你们都很英勇，不像是奉命作战，

每个人都像是为自己的切身之事搏杀：你们表现得

如赫克托耳[1]般威武不凡。进城去，

拥抱你们的妻子、你们的朋友，

当他们用喜悦的泪水冲洗你们伤口上的淤血，

用深吻愈合你们光荣的伤痕的时候，向他们

讲述你们的战绩吧。——

克莉奥佩特拉上

（对斯卡勒斯）把你的手给我。

我要向这位伟大的女神夸赞你的功勋，

---

1 赫克托耳（Hector）是特洛伊第一勇士，特洛伊国王普里阿摩斯（Priamus）的儿子，帕里斯
（Paris）的哥哥。最后和阿喀琉斯决斗，死在对方手里。——译者附注

让她用谢意祝福你。——

（对克莉奥佩特拉）啊，你是这世间的光辉！

搂住我裹着铁甲的脖颈吧，身着盛装，

穿过我这刀枪不入的铠甲，跃进我的心房吧，

让我激荡的胸膛载着你凯旋而归！ （两人拥抱）

克莉奥佩特拉 万王之王！

啊，威武无比的英雄，你带着微笑，

从那天罗地网中脱身归来了吗？

安东尼 我的夜莺，

我们已经把他们打得滚回了床上。嘿，姑娘！

虽然我壮年的棕发已露出一缕缕灰白，

但是我有一颗滋养着我的精力的雄心，即便

跟年轻人较量也丝毫不落下风。瞧这条汉子：

请施恩将你的手交托给他的双唇吧。

（她伸出手让斯卡勒斯吻）

亲吻一下吧，我的战士：他今天

就像一尊厌恶人类的天神，在战场上

大开杀戒。

克莉奥佩特拉 朋友，我要赏赐你

一副全金的铠甲：那原是一位国王的。

安东尼 就算那铠甲像太阳神福玻斯的战车般

镶着红宝石，他都受之无愧。把你的手伸给我：

我们要欢乐地游行，穿过亚历山大城，

高高举起像它们的主人一样伤痕累累的盾牌。

要是我们宏伟的宫殿能容纳

全军将士，我们要一起宴饮，

为明天的好运干杯，看来明天

还会有一场光荣的厮杀。军号手们，
尽力吹奏起来，让号角声响彻全城人民的耳畔，
和着咚咚的战鼓声，
回荡在天地间，为我们的到来
齐声呐喊吧。　　　　　　　　　　号角齐鸣。众人下

第九场　　/　　第二十六景

亚历山大城外凯撒营地
一哨兵队长率众哨兵上，艾诺巴勃斯随上

队长　　　　如果一小时内没人来换岗，
　　　　　　我们就必须回到警卫营去；今晚
　　　　　　夜色明亮，听人说，我们在清晨两点
　　　　　　就要整军备战。

哨兵甲　　　昨天那一仗可把咱们打趴下了。

艾诺巴勃斯　啊，请为我作见证吧，黑夜——

哨兵乙　　　这是什么人？

哨兵甲　　　躲起来，听听他说什么。（他们退至一旁）

艾诺巴勃斯　请为我作见证吧——噢，你这圣洁的月亮——
　　　　　　将来变节的叛徒在青史上留下
　　　　　　遭人唾骂的污名时，可怜的艾诺巴勃斯
　　　　　　可是曾经在你面前忏悔过了！

队长　　　　艾诺巴勃斯？

哨兵乙	别出声！听他说下去。
艾诺巴勃斯	啊，至尊无上的忧郁女神，
	让黑夜的毒雾[1]像挤压海绵中的水般
	倾泻在我身上吧，好叫生命，我的意志的叛徒，
	不再纠缠我[2]。把我这颗因悲痛煎熬
	而干枯的心扔向那坚硬的罪恶之石，
	撞个粉碎吧，把一切污秽的思想
	了结个彻彻底底。啊，安东尼，
	我的背叛行为之卑贱越发显得
	你是那么高贵，你个人宽恕我吧；
	但是让世人永远记着我是一个
	背信弃主之辈，是一个逃兵。
	啊，安东尼！啊，安东尼！（他倒地而亡）
哨兵甲	我们去跟他说句话吧。
队长	我们还是听他说，也许他说的话
	跟凯撒有关。
哨兵乙	我们听他说什么吧。可是他睡着了。
队长	恐怕是晕过去了，像他那样绝望的祈祷
	绝不会是为了祈求睡个好觉吧。
哨兵甲	我们过去看看他。
哨兵乙	醒醒，阁下，醒醒！跟我们说话呀！
哨兵甲	听见了吗，阁下？
队长	死神的手已经抓住了他。
	（远处鼓声）

1　夜间潮湿的空气被认为有毒。
2　艾诺巴勃斯想结束自己的生命。

听！庄严的鼓声在召唤沉睡的人们醒来。

我们把他抬到警卫营去吧；

他可是响当当的人物；我们的岗哨结束了。

哨兵乙　　那么，来吧，

他也许还会苏醒过来。　　　　　　　　*众人抬尸体下*

第十场　　/　　第二十七景

亚历山大城外战场

安东尼与斯卡勒斯率军队上

安东尼　　他们今天准备在海上作战，

在陆上我们让他们尝到了苦头。

斯卡勒斯　　他们准备海陆同时开战，主帅。

安东尼　　我愿他们在火里、在风里也开战，

我们随处奉陪。但是我们的计划是这样的：

我们将调集步兵跟我们一起

驻守城郊的山头。海战的命令已经发出：

他们已经驶离港口，我们居高临下，

对他们的调动部署和一举一动

可以尽览无遗。　　　　　　　　　　*众人下*

第十一场 / 景同前

凯撒率军队上

凯撒 　　除非受到攻击，否则我们在陆上按兵不动，
　　　　我料想在那里我们大可放心，因为他最精锐的部队
　　　　都已经被派到船上去了。到山谷去，
　　　　我们要占据最有利的地势。　　　　　　　　　众人下

第十二场 / 景同前

远处海战警号。安东尼与斯卡勒斯上

安东尼 　战斗尚未开始：在那棵松树矗立的地方，
　　　　我可以望见一切。有什么情况
　　　　我会立刻通知你。　　　　　　　　　　　　　　　下
斯卡勒斯 燕子在克莉奥佩特拉的船上
　　　　已经筑巢。占卜官 [1] 都说
　　　　他们不知道，也看不出这是什么预兆，
　　　　个个面色凝重，不敢吐露真言。安东尼
　　　　有时英勇，有时颓靡；
　　　　他那多舛的命运使得他

---

1 古罗马的占卜官除其他方式外，还通过解释鸟的行为占卜未来。

时喜时忧，患得患失。

安东尼上

安东尼　　一切都完了：

这不要脸的埃及女人背叛我啦；

我的舰队已经向敌人投降，他们在那边

把帽子高高抛起，像久别重逢的老友般

在一起畅饮。这三翻四覆的淫妇[1]！是你

把我出卖给了那个年轻的小儿，我的心现在

只跟你一个人作战。吩咐大伙儿各自逃命吧：

因为待我报复了我那迷人的妖精之后，一切

也就了结了。吩咐大伙儿各自逃命吧。你走吧！

斯卡勒斯下

啊，太阳，我再也看不到你冉冉升起啦。

命运和安东尼就此分手，我们就此握别啦。

居然落到了这般田地吗？那些如摇尾乞怜的狗一般

追随我、从我这儿得到满足的人，现在一哄而散，

掉转头，就去向那如日中天的凯撒

倾吐垂涎谄媚的甜言蜜语去了；只剩得我这棵

孤立高耸的老松被剥光了皮。我被出卖啦。

啊，这可恶的埃及女人！这可怕的妖精，

她仅凭一个眼神就能指挥我奔赴战场，还能让我的军队

退还家园；她的爱是我的冠冕，我的人生归宿；

1　即克莉奥佩特拉，她曾有三段情感纠葛：她曾是尤力乌斯·凯撒和格奈乌斯·庞培的情人，
　后来又成为安东尼的妻子。

可她却像一个地道的吉卜赛人 [1]，玩弄骗人的把戏 [2]，

把我骗得一败涂地。

喂，艾洛斯，艾洛斯！——

克莉奥佩特拉上

啊，你这妖精！滚开！

克莉奥佩特拉　我的主君怎么对他的爱人动怒了？

安东尼　从我面前消失，否则我要给你咎由自取的惩罚，

让凯撒的凯旋仪式因此黯然无光。让他把你

活捉回去，在欢呼的庶民前高高吊起。

你跟随在他的战车后面，像是天下所有女人中

最大的污点。你像一头怪物般被示众，

最贫贱的侏儒和白痴都可以把你瞧个够。

让等候已久的屋大维娅用她那蓄了很久的指甲

把你的脸抓得就像那刚犁过的地洼！　　克莉奥佩特拉下

你走了也好，

要是活着是件好事。但是你还不如倒在

我的狂怒之下，因为这一死可以

逃避许多次生不如死的羞辱。艾洛斯，喂！

染了涅索斯毒血的罩衫 [3] 已经粘在了我身上。

1　当时人们认为吉卜赛人来自埃及，且惯于骗术。

2　原文中的 fast and loose 是吉卜赛人玩的骗术游戏，受骗者把赌注押在表面上看似系得很紧的卷带上（或打赌他能系紧卷带），而事实上它们是被巧妙地盘在了一起，很轻易便能被解开；暗指"性欺骗"。

3　原文中的 shirt of Nessus 指染了涅索斯毒血的罩衫，它是得伊阿尼拉（Deianira）在毫不知情的情况下送给自己的丈夫赫剌克勒斯的毒衣，上面染有半人马涅索斯（Nessus）的毒血。涅索斯因调戏得伊阿尼拉，被赫剌克勒斯用毒箭射中后，心生报复，在临死前假仁慈地告诉得伊阿尼拉，他的血是保卫忠贞爱情的灵丹妙药。

赫剌克勒斯 [1]，我的祖先，向我示范你的愤怒：
让我把利卡斯 [2] 高高挂在月亮的尖角上，
我要用这双曾握过最沉重的木棒 [3] 的手征服
最高贵的自己。这妖妇必须去死。
她把我出卖给那罗马的小子，我中了他们的奸计，
兵败如山倒。为了这，她必须死。艾洛斯，喂！ 下

第十三场 / 景同前

亚历山大

克莉奥佩特拉、查米恩、伊拉丝、玛狄恩上

克莉奥佩特拉 快扶着我，我的姑娘们！啊，他比没有得到
盾牌的大埃阿斯 [4] 还要疯狂；色萨利的野猪 [5]
也不曾像他一样满口白沫飞溅。

查米恩 躲进陵墓里去吧！
把自己锁在里面，派人告诉他您已经死了：

---

1 原文中的 Alcides 即指赫剌克勒斯。
2 利卡斯（Lichas）是把毒衣交给赫剌克勒斯的仆人。赫剌克勒斯穿上毒衣后，浑身疼痛难忍，
在盛怒之下将利卡斯抛入大海。
3 原文中的 club 即橄榄木棒，是赫剌克勒斯力量的著名象征。
4 原文中的 Telamon 指大埃阿斯（Telamonian Ajax），他是特洛伊战争中的希腊英雄，因死去
的阿喀琉斯的盾牌和盔甲被授予尤利西斯（Ulysses）而发狂，自杀身亡。
5 狩猎和月亮女神狄安娜（Diana）曾将野猪驱进卡吕冬（Calydon），蹂躏这个位于希腊中部色
萨利地区的王国。

荣耀散尽比灵魂脱离躯体

更为痛苦。

克莉奥佩特拉　到陵墓去!

玛狄恩,去告诉他,我已经自尽了;

就说我最后说的是"安东尼",

而且要说得——请你一定要说得——凄凄惨惨。

去吧,玛狄恩,

回来告诉我,他听到我的死讯有什么反应。到陵墓去!

众人下

第十四场　/　景同前

安东尼与艾洛斯上

安东尼　艾洛斯,你还看得见我吗?

艾洛斯　看得见,尊贵的主上。

安东尼　有时候我看见一朵云像是一条龙,

一团雾有时像一只熊或一头狮子,

一处巍然高耸的城堡,一块突兀悬空的磐石,

一座双峰对峙的高山,或一道树木苍翠的海岬,

向世人点头,用虚无缥缈的幻象戏弄我们的眼睛。

你也曾看见过这些景象:它们不过是些

迟暮苍茫之时的幻影。

艾洛斯　是啊,我的主上。

安东尼　　这会儿还像一匹骏马，转瞬间，
浮云[1]四散[2]，就如水珠滴进大海，
不见了踪影。

艾洛斯　　是啊，我的主上。

安东尼　　我的好小子，艾洛斯，现在你的主帅也不过是
这样一片浮云：现在我是一个好端端的安东尼，
可我却保不住自己的形体，我的小子。
我出兵打仗全是为了那埃及女王——我本以为
我得到了她的心，因为我早已把心给了她，
当初我这颗心还属于自己的时候，曾博得过
百万颗心，现在都没啦——她，艾洛斯，
居然和凯撒暗中勾结，施诡计偷走了我的荣耀，
让凯撒拿到了王牌。
不，不要哭泣，善良的艾洛斯，
我们还可以自己了结自己呢。——

玛狄恩上

　　　　　　　噢，你那可恶的女主人！
她把我的剑偷去了[3]。

玛狄恩　　不，安东尼，
我的女主人是爱您的，她的命运和您的命运
完全是捆绑在一起的。

安东尼　　滚开，放肆的阉人。闭嘴！
她已经背叛了我，难逃一死啦。

1　原文中的 rack 此处指浮云，碎飞云块；一语双关，暗指"拉肢刑架"。

2　原文中的 dislimns 意为涂去，涂抹；与 dislimbs 双关，即"使四肢脱臼断裂"。

3　即"摧毁了我的军人威势；使我失去了男子汉的气概"。

玛狄恩	一个人只能死一次，这笔账她已经清了。
	您想干的事，她已经替您
	办妥了；她说的最后一句话是：
	"安东尼！最尊贵的安东尼！"
	在一阵揪心的呻吟声中，她嘴里迸出了
	安东尼的名字：一半在嘴唇上，
	一半还留在心里；她交出了自己的生命，
	您的名字深埋在了她的心中。
安东尼	那么，她死了吗？
玛狄恩	她死了。
安东尼	替我卸下盔甲，艾洛斯：漫长一天的任务结束了，
	我们也该睡去了。——（对玛狄恩）留你一条活命回去，就算
	对你跑这一趟开恩了。去吧。——　　　　玛狄恩下
	快卸下，快卸下！（艾洛斯替他卸下盔甲）
	埃阿斯那七层牛皮的盾牌也挡不住
	我心头的打击。——啊，碎裂吧，我的胸腔！
	心儿啊，你曾比你的外壳还要强硬，把你脆弱的
	躯壳爆裂吧！——赶快，艾洛斯，赶快！——
	再不是一个军人了：凹损残破的甲片哪，去吧。
	你们在我身上曾显得那么威武尊贵。——
	离开我一会儿吧。——　　　　　　　艾洛斯下
	我要追上你，克莉奥佩特拉，
	流着泪求你原谅我。——必须这么做了，因为如此下去
	也只是痛苦折磨罢了：火炬[1]已经熄灭了，
	躺下吧，不要再耽搁了。如今一切徒然的努力

1　原文中的 torch（火炬），即指克莉奥佩特拉的生命，与 torture（痛苦折磨）谐音。

只会糟蹋了已成就的事业；是的，越挣扎
勒得就越紧。到此为止吧，一切都结束了。——
艾洛斯！——我来了，我的女王。——艾洛斯！——
等一等我：
在那灵魂卧伏在花丛中的乐园[1]里，我们手挽着手，
愉悦快活的风姿引得幽灵们凝神注目。
狄多和她的埃涅阿斯[2]将失去他们的追随者；
他们都来把我们簇拥。——来，艾洛斯，艾洛斯！

艾洛斯上

艾洛斯 　主上有什么吩咐？

安东尼 　克莉奥佩特拉不在了，
我在耻辱中苟且偷生，天神
都憎恶我的卑懦。我，曾用我的宝剑
分割天下，在海神涅普顿的脊背[3]上指挥着
犹如城池般的巨型舰队；现在我痛恨自己
还不如一个女人有勇气，比不上她的心胸
高贵，她以一死告诉我们的凯撒，
"我是我自己的征服者"。你曾发过誓，艾洛斯，
一旦到了紧急关头——现在这紧急关头
果真来了——到了我被逼得走投无路、
眼看着免不了要遭受屈辱和恐惧的

1　即希腊神话中蒙福者死后安居的极乐世界（Elysian Fields）。

2　狄多（Dido）和埃涅阿斯（Aeneas）是维吉尔（Virgil）的《埃涅阿斯纪》（Aeneid）中具有象征性的悲剧恋人；特洛伊英雄埃涅阿斯在特洛伊城遭劫掠后死里逃生，一路辗转，在北非迦太基（Carthage）登陆，并与狄多女王相爱。但最终埃涅阿斯断然离去，建立罗马，狄多在绝望中自杀身亡。

3　原文中的 green Neptune's back 指海洋，涅普顿是罗马神话中的海神。

折磨的时候，我一下令，你就会
把我杀死。践行你的誓言吧；现在是时候了：
你不是杀死了我，你是打败了凯撒。
别吓得面无血色。

艾洛斯 天神决不许我这样做！
安息人的弓箭——虽然怀着敌意——都不曾
射中您，我能下这样的毒手吗？能射中吗？

安东尼 艾洛斯，
难道你愿意从罗马的一个窗前，眼睁睁地
看着你的主人被交叉着胳膊捆绑，低下
他服罪的脖颈，带着满脸
无地自容的羞愧，跟随在
那受命运垂青的凯撒的战车后面，像是身上
被打上耻辱的烙印吗？

艾洛斯 我不愿意看到。

安东尼 那么，来吧。要获得彻底解脱，我必须忍受创伤。
把你那柄为国效忠、战功累累的宝剑
拔出来吧。

艾洛斯 噢，主上，原谅我吧！

安东尼 当初我还你自由之身的时候，你不是发誓，
一旦我命令你这么做，你就会下手吗？快动手吧，
否则，你以前的效劳就都不过是
徒劳无益之举罢了。拔剑吧，来。

艾洛斯 那么请您转过脸去，别让我看见
那全世界都崇拜敬仰的容颜。

安东尼 你瞧！（转身背对他）

艾洛斯 我的剑拔出来了。

安东尼	那么就赶快动手，
	让它完成它的使命吧。
艾洛斯	我亲爱的主人，
	我的统帅，我的皇上啊，趁鲜血还没有染红
	我手里的剑，请允许我向您道别。
安东尼	你已经道过别了，伙计，再会。
艾洛斯	再会了，伟大的主帅。我现在就动手吗？
安东尼	就现在，艾洛斯。
艾洛斯	好了，这下好了：这样我就不用为瞧见
	安东尼的死而哀伤了。（自尽）
安东尼	胜过我三倍的高贵的勇士！
	啊，勇敢的艾洛斯，你是在教我做我应该做
	而你不能替我做的事。我的女王和艾洛斯
	立下了英勇的榜样，先我谱写下了
	光辉的篇章。可是我要
	像一个新郎般奔赴死亡 [1]，就如同登上
	爱人的绣床。那么，来吧，——艾洛斯，
	你的主人临死前，倒成了你的学生：（伏剑倒地）这样做，
	是你给我作了示范。——怎么，没有死？没有死？——
	侍卫，喂！啊，赶快结果了我！

一队侍卫上，其中一人为德尔西特斯

侍卫甲	什么声音？
安东尼	我把事情搞砸了，朋友们：噢，我开了头，
	你们帮我结束它吧！
侍卫乙	巨星陨落了。

---

1 此处用死亡暗指性高潮。

侍卫甲	时间已走到了尽头。
众人	唉，呜！
安东尼	谁要是爱我，就给我致命的一击吧。
侍卫甲	我下不了手。
侍卫乙	我也下不了手。
侍卫丙	谁都下不了手。　　　　　　　　　除德尔西特斯外众侍卫下
德尔西特斯	你的部下见你兵败身死，气数已尽，全都逃散了。
	我只要拿这柄剑去献给凯撒，再把这消息告诉他，
	我定会得到他的重用。（拾起安东尼的剑）

狄俄墨得斯上

狄俄墨得斯	安东尼在哪儿？
德尔西特斯	在那儿，狄俄墨得，在那儿！
狄俄墨得斯	他还活着吗？你怎么不回答我，伙计？
	德尔西特斯执安东尼佩剑下
安东尼	是你在那儿吗，狄俄墨得？拔出你的剑，
	刺向我吧，直到把我刺死。
狄俄墨得斯	最尊贵的主上，
	我的女主人克莉奥佩特拉派我来见您。
安东尼	她是什么时候吩咐你来的？
狄俄墨得斯	就现在，我的主上。
安东尼	她在哪里？
狄俄墨得斯	紧锁在她的陵墓里。她早有预感，害怕
	会发生这样的事。因为当她看到——
	其实是绝无事实根据的事——您怀疑
	她和凯撒暗中勾结，而且您的怒火
	又无法平息时，这才派人告诉您她死了；
	但是，她又担心这消息会酿成不幸的后果，

就派我来向您坦白真相；我现在来了，
只怕是，来得太迟了。

安东尼 太迟了，善良的狄俄墨得。请你叫我的侍卫来。

狄俄墨得斯 喂，喂，皇上的侍卫！侍卫，喂，喂！
快来，你们的主上传唤你们呢！

安东尼的侍卫四五人上

安东尼 好朋友们，快把我抬到克莉奥佩特拉那儿去：
这是我最后一次命令你们为我效劳了。

侍卫甲 呜，我们好伤心哪，主上，您的时间不多了，
恐怕比不上您忠实的部下活得更久。

众人 最悲伤的日子呀！

安东尼 别这样，我的好伙计们，不要让你们的悲伤
给那冷酷的命运增辉。对着降临到
我们身上的惩罚说声欢迎，对它付之一笑，
我们也就惩罚了它。把我抬起来：一向总是
我带领你们，现在轮到你们抬着我走了。好朋友们，
感谢诸位。　　　　　　　　众人抬安东尼与艾洛斯下

第十五场 / 第二十八景

亚历山大，克莉奥佩特拉陵墓外

克莉奥佩特拉及她的侍女们自高处上，查米恩与伊拉丝随上

克莉奥佩特拉 噢，查米恩，我这辈子都不离开这里了。

查米恩	别伤心，亲爱的娘娘。
克莉奥佩特拉	不，我不能不伤心：
	一切奇怪可怕的事我统统欢迎；
	但慰藉——我鄙视它。我的悲伤
	和我的不幸成正比，不幸有多大，
	悲伤就有多大。——

狄俄墨得斯自主台上

	怎么？他死了吗？
狄俄墨得斯	死神已经降临在他身上，但他还有一口气。
	您从陵墓的另一侧往外望吧：
	他的侍卫已经把他抬到这儿来啦。

众侍卫抬安东尼自主台上

克莉奥佩特拉	啊，太阳，
	把你运行的浩瀚天宇烧毁吧！让变幻莫测的世界
	矗立在一片黑暗中！啊，安东尼，
	安东尼，安东尼！帮帮我，查米恩！
	帮帮我，伊拉丝，帮帮我！
	帮帮忙，下面的朋友们！我们把他拉上来 [1]。
安东尼	轻声些！
	不是凯撒的英勇打倒了安东尼，
	而是安东尼自己战胜了自己。
克莉奥佩特拉	是呀，这世上只有安东尼自己
	才能征服安东尼，可这真叫人心痛啊！
安东尼	我快要死了，埃及女王，就要死了：

---

1 根据方平译注，《希腊罗马名人传》中有记载，埃及女王不敢打开陵墓大门，而是从高处的
  窗户上放下吊索，亲自和两名侍女把安东尼拉上来，接进陵墓。——译者附注

　　　　　　　　我只恳求死神宽假片刻，容许我

　　　　　　　　把这千万个吻中可怜的最后一吻

　　　　　　　　印在你的双唇上。

克莉奥佩特拉　我不敢，亲爱的。

　　　　　　　　我亲爱的主君，宽恕我吧：我不敢，

　　　　　　　　我怕被他们捉去。那意得志满的凯撒

　　　　　　　　休想拿我去装点他壮丽的凯旋场面。

　　　　　　　　只要刀剑有利刃，毒药有效力，

　　　　　　　　大蛇有毒牙，我就不会落在他手里；

　　　　　　　　你的妻子屋大维娅绝不会有机会

　　　　　　　　气定神闲地用她那端庄的眼神把我久久打量，

　　　　　　　　占尽风光。可是来，来，安东尼。——

　　　　　　　　帮帮我，我的姑娘们。——我们一定要把你拉上来。——

　　　　　　　　使劲啊，好朋友们。（她们开始用力拉绳）

安东尼　　　啊，快一点，否则我就要去了。

克莉奥佩特拉　这一项运动真够费劲儿的！我的主君可真重哟！

　　　　　　　　因为我们的力气全都消失在沉痛里了，

　　　　　　　　所以才觉得这样沉。如果我有天后朱诺的神力，

　　　　　　　　羽翼强韧的墨丘利[1]就会把你带上来，

　　　　　　　　把你放在天帝乔武的身边。再往上来一点：

　　　　　　　　有心无力也是白搭。啊，来呀，来呀，来呀。

众人把安东尼拉上高处，抬到克莉奥佩特拉跟前

　　　　　　　　欢迎啊，欢迎！真正地活一回再死去[2]吧。

　　　　　　　　我要用吻赋予你生命：若我的嘴唇有这样的魔力，

1　墨丘利是罗马神话中众神的信使，脚穿带翼的凉鞋。

2　暗指性高潮。

我甘愿把它们吻到枯焦。（亲吻他）

众人 多么沉痛的一幕啊！

安东尼 我要死了，埃及女王，要死了。

给我一点酒喝，让我再说几句话吧。

克莉奥佩特拉 不，让我说，让我高声咒骂

那主司命运的坏婆娘，叫她恼羞成怒，

把命运之轮[1]摔个粉碎——

安东尼 我就说一句话——宝贝女王——

让凯撒保证你的安全，还要保全你的荣誉。啊！

克莉奥佩特拉 这两者难以两全哪。

安东尼 亲爱的，听我说：

除普洛丘里厄斯外，凯撒的人你都别相信。

克莉奥佩特拉 我只相信自己的决心和自己的双手：

凯撒身边的人我谁都不信。

安东尼 我这悲惨的命运就要走到尽头了，

不要恸哭，也不要悲伤；但是当你思念

我的时候，就回想回想我往日的

光辉岁月，我曾是这世上最伟大、

最高贵的君王；现在，我死得堂堂正正，

没有像个懦夫一样在我的人民面前脱下战盔。

一个罗马人被他自己勇敢无畏地征服了。

现在我的灵魂要离我而去了：

我不行了。

克莉奥佩特拉 最尊贵的男人哪，你就要去了吗？

---

1 罗马神话中的命运女神福耳图娜（Fortuna）通常被描述为转动轮子的女子，在把不幸的命运
降临到人身上之前，会先将其引上好运之道。

你把我抛下不管了吗？没有了你，
这世界不比一个猪圈好多少，我还能
在这冷冷清清的世上活下去吗？——啊，瞧，我的姑娘们，
大地的冠冕熔化了。——我的主君？（安东尼咽气）——
噢，战争的花环就此枯萎了，
将士的旗杆[1]就此倒下了：孩童
现在与成年人等量齐观；伟大与渺小间的差别
已不复存在，月亮普照下的人间，
再没有卓越非凡的人物了。（她晕倒）

查米恩	噢，镇静点，夫人！
伊拉丝	她也死去了，我们的女王。
查米恩	夫人！
伊拉丝	娘娘！
查米恩	噢，娘娘，娘娘，娘娘！
伊拉丝	埃及的君主！女皇！（克莉奥佩特拉苏醒）
查米恩	安静，安静，伊拉丝！
克莉奥佩特拉	我不再是什么女王，不过是个平凡的女人罢了，

跟那挤牛奶、做最低贱杂务的侍女一样
被悲痛所支配。我真该
把我那华丽的权杖扔向不公的天神，
告诉他们，要不是他们偷走了我们的珍宝，
我们的世界本可与他们的天国媲美。一切都不在了：
忍耐吧，是痴傻的醉汉；爆发吧，
又变成了狂躁的疯狗：那么在死神
胆敢找上门来之前，就奔向死亡的幽窟，

1　原文中的 pole 指战旗、军旗杆或北极星（也暗指阴茎）。

这是不是罪过呢？你们怎么啦，姑娘们？

干吗，干吗呀，高兴点儿！哎哟，怎么啦，查米恩？

我高贵的姑娘们哪？啊，姑娘们，姑娘们！瞧，

我们的灯[1]耗尽了，灭了。——好姑娘们[2]，振作精神，

我们要将他埋葬，然后，我要按照

最庄严、最高贵的罗马仪式来办，好让死神

骄傲地把我也带走。来，走吧。

这装着伟大灵魂的躯壳已经冰冷了。

啊，姑娘们，姑娘们！来，我们已经没有朋友了，

剩下的只有决心和那顷刻间的死亡。

　　　　　　　　　　　　众人抬安东尼的尸体下

---

1 即安东尼。

2 原文中的 sirs 用来称呼女性，但较少使用。

第 五 幕

第一场 / 第二十九景

亚历山大城外凯撒营地

凯撒、阿格里帕、道拉培拉、梅西纳斯、盖勒斯、普洛丘里厄斯及凯撒麾下诸
将上

凯撒	去跟他说，道拉培拉，叫他赶快束手就擒。
	告诉他，他已经穷途末路，再一味拖延，
	只会成为笑柄。
道拉培拉	凯撒，遵命。 下

德尔西特斯执安东尼佩剑上

凯撒	那是作什么用的？你是什么人，竟敢这样[1]
	就闯到我面前？
德尔西特斯	我叫德尔西特斯，
	是马克·安东尼的手下，当他权力鼎盛时，
	他是一个最值得尽力效忠的人；当他巍然挺立、
	发号施令的时候，他是我的主人，我甘愿
	为他肝脑涂地，帮他铲除敌人。如果
	您肯收留我，我也会像效忠于他一样
	对凯撒竭尽忠心；如果您不愿意，
	我这条命随您处置。
凯撒	你这话是什么意思？

1　即在统治者面前持出鞘之剑；在莎士比亚时代，这是谋反叛国之罪。

德尔西特斯	我是说——噢，凯撒——安东尼死了。
凯撒	宣布这样一个重大的消息，应发出
	如天崩地裂般的巨响。大地受到震动，
	直震得雄狮逃窜到市井的街道上，城市里的居民
	反倒藏躲进它们的巢穴中。安东尼的死
	可不是一个人的没落：半个世界都
	随着他的名字倾覆了。
德尔西特斯	他死了，凯撒。
	不是被执法的判官处死，
	也不是被雇凶刺死，而正是用那只
	曾以英勇壮举谱写下荣耀的手，
	凭着他的心赋予它的勇气，
	刺穿了自己的心胸。这就是他的剑；（展示剑）
	我从他的伤口拔出了这把剑。瞧，还沾着
	他最高贵的血液呢。
凯撒	（指着剑）瞧瞧你们悲伤的神情，朋友们。
	天神在指责我，可这样的消息
	会让君王们都热泪盈眶。
阿格里帕	好奇怪，
	天性硬是逼着我们为以不懈追求
	实现的目标而悲叹。
梅西纳斯	污点和美誉在他身上难分高下。
阿格里帕	从不曾有比他更杰出的人引导过人们：
	但是天神们，你们总会赋予我们一些缺点，
	好让我们成为凡人。凯撒也深受感动了。
梅西纳斯	这么大的一面镜子摆在他面前，
	他不会照不到自己。

凯撒	啊，安东尼。

凯撒　　　　啊，安东尼。
　　　　　　我把你追逼到了这个地步，可是
　　　　　　我们身上生了病害，就不得不向它开刀。
　　　　　　不是我眼看你倒下，就是你看着我没落；
　　　　　　在这广袤的世界上，我们无法比肩而立。
　　　　　　但是让我为你哀悼吧，流下
　　　　　　如心间的热血般由衷的眼泪。
　　　　　　你是我的兄弟，是我的雄图霸业的
　　　　　　竞争者，是我在这个帝国的伙伴，
　　　　　　是战场上的朋友和同僚，
　　　　　　是我自己身上的臂膀，是激发我思绪的心灵；
　　　　　　我们不可调和的命运竟让
　　　　　　两个势均力敌的人走上了这样一条
　　　　　　分裂之路。——听我说，好朋友们——
　　　　　　但是在较适宜的时候，我再告诉你们吧：
　　　　　　看这家伙的神色，好像事情很紧急；
　　　　　　让我们听听他有什么话说。——

一埃及人上

　　　　　　你是哪儿来的？

埃及人　　　一个卑微可怜、尚未臣服罗马的埃及人。
　　　　　　女王陛下，我的女主人，
　　　　　　被幽禁在她的陵墓里，那是她仅剩的
　　　　　　容身之所了，她想知道您打算
　　　　　　如何处置她，她好做准备
　　　　　　听从您的发落。

凯撒　　　　让她宽心吧。
　　　　　　我随后就派人去问候她，到时候，

	她就会知道我将给她怎样的尊崇	
	和优待，因为凯撒向来不是一个	
	冷酷无情的人。	
埃及人	那么，愿神明保佑您！	下
凯撒	过来，普洛丘里厄斯。去跟她说，	
	我们并没有要羞辱她的打算：她陷入了	
	悲痛哀伤，好好安慰她，万一她性情刚烈，	
	自寻短见，反倒让我们败在了她的手里。	
	把她活着带回罗马，我们的凯旋游行	
	才会永恒不朽。去吧，尽快回来，	
	把她说的话、你所见的情形	
	都告诉我。	
普洛丘里厄斯	凯撒，遵命。	普洛丘里厄斯下
凯撒	盖勒斯，你也跟他一起去。——	盖勒斯下
	道拉培拉呢？	
	让他也给普洛丘里厄斯做个帮手。	
众人	道拉培拉！	
凯撒	别管他了，我现在想起来了，刚才我	
	打发他去办事了；他应该很快就会	
	办妥了。跟我进营帐吧，我要让	
	你们看看我是多么不情愿被卷入	
	这场战争，我写给他的信的语气	
	一向又是多么心平气和。跟我来，	
	我得让你们好好看看我说这话的根据。	众人下

第二场 / 第三十景

亚历山大，克莉奥佩特拉陵墓内

克莉奥佩特拉、查米恩、伊拉丝与玛狄恩上

克莉奥佩特拉　我的孤寂开始给我带来一个更高尚的生命：
做凯撒有什么了不起；他又不是命运之神，
不过是命运之神的奴仆，受她的使唤；
我要干的那件事才算伟大，它会让所有的事情
戛然而止，将灾祸变故统统拒之门外，
酣然睡去，再不用尝那满是粪便的
土地孕育出的食物，那乞丐和凯撒
同样赖以生存的东西了。

普洛丘里厄斯上

普洛丘里厄斯　凯撒向埃及女王致以问候，
他请您考虑考虑您想向他
提些什么要求。

克莉奥佩特拉　你叫什么名字？

普洛丘里厄斯　我叫普洛丘里厄斯。

克莉奥佩特拉　安东尼
曾跟我提起过你，叫我信任你；但是，
既然我已经用不着信任任何人，
也就不怕被人欺骗了。如果你的主人
想把一个女王变成他面前的乞丐，
那你必须告诉他，女王自有女王的尊严，
她要开口乞讨，至少得讨得一个王国；

　　　　　　　若他愿意把他征服的埃及送给我的儿子，

　　　　　　　那就算把原本属于我的东西赏还给了我。

　　　　　　　为了这偌大的恩惠，我定会向他拜跪道谢。

普洛丘里厄斯　放宽心吧：

　　　　　　　您是落在了一位大度的君王手里，什么都不用担忧。

　　　　　　　您要有什么想法，就尽管向我的主人提出来，

　　　　　　　他心怀慈悲，对所有身处困境的人，

　　　　　　　都会广施恩泽。让我向他回禀您归顺的诚意，

　　　　　　　您就会知道他是一个这样的征服者：

　　　　　　　本该人家向他下跪恳求恩典，他却反过来

　　　　　　　请求人家好心接受他的帮助。

克莉奥佩特拉　请你转告他，

　　　　　　　我是他的命运的奴仆，我

　　　　　　　对他赢得的伟大成就心服口服。

　　　　　　　我每时每刻都在学习恭顺的良训，

　　　　　　　希望能一见他的威容。

普洛丘里厄斯　我会照您的意思转达，亲爱的夫人。

　　　　　　　安心吧，因为我知道尽管您现在的处境

　　　　　　　是他一手造成的，但他却对您十分同情。——

盖勒斯及众罗马兵士上

　　　　　　　（对众兵士）你们瞧，把她俘获是一件多么容易的事儿：

　　　　　　　看住她，等凯撒来了再说。　　　　　盖勒斯及众兵士下

伊拉丝　　　　尊贵的女王啊！

查米恩　　　　噢，克莉奥佩特拉，您被捉住啦，女王！

克莉奥佩特拉　快，快，听话的手儿！（拔出一匕首）

普洛丘里厄斯　（夺下匕首）住手，尊贵的夫人，住手！

　　　　　　　不要对自己干这种傻事，您这是

得到了解救，而不是受到了陷害。

克莉奥佩特拉　怎么？连狗都能以死来解除痛苦，

我却不能了吗？

普洛丘里厄斯　克莉奥佩特拉，

不要自我毁灭，而辜负了我的主人的一片好心：

让世人都看看他表现得多么高尚豁达，

您要是死了，他的仁义之德可

就要被埋没了。

克莉奥佩特拉　死神哪，你在哪里？

快来呀，来呀！来，来，把一个女王带走吧，

她足以抵得上许多婴儿和乞丐！

普洛丘里厄斯　噢，忍耐点吧，夫人！

克莉奥佩特拉　阁下，我将不吃不喝，阁下：

如果瞎扯闲谈能消磨漫漫长夜，我亦将

不眠不休。让凯撒尽管使出他的招数，

我定要亲手摧毁这血肉之躯。你要知道，阁下，

我不会像一只被斩翅折翼的鸟儿般，

跪在你的主人庭上等候发落。那愚笨迟钝的

屋大维娅也休想用她冰冷的眼神

将我羞辱。难道要让他们把我高高吊起，

游街示众，忍受那百般责难的罗马贱民的

喧嚣怒喝吗？我宁愿葬身埃及的阴沟——我的温柔冢！

我宁愿赤裸着身体，躺在尼罗河的淤泥上，

让水蝇在我身上产卵生蛆，令我恶心哕逆！

我宁愿让祖国那高高的金字塔做我的绞刑架，

用铁索把我吊起！

普洛丘里厄斯　您想得太多了，

纯粹是自己吓唬自己，

凯撒可绝不会这样对待您。

道拉培拉上

道拉培拉	普洛丘里厄斯，

你所做的事，你的主人凯撒已经知道了，

他现在命你回去。至于女王，

我会严加看管。

普洛丘里厄斯 好吧，道拉培拉，

这样最好：对她好一点儿。——

（对克莉奥佩特拉）如果您愿意让我为您办这差事，

有什么想跟凯撒说的话，我一定替您转达。

普洛丘里厄斯、盖勒斯及众兵士下

克莉奥佩特拉 就跟他说，我只求一死。

道拉培拉 最尊贵的女皇，您听说过我吗？

克莉奥佩特拉 我没什么印象。

道拉培拉 您肯定知道我是谁。

克莉奥佩特拉 阁下，我的所闻所知已不重要。

妇女儿童向你讲述他们梦境的时候，你会发笑；

这难道不是你一贯的癖性吗？

道拉培拉 我不懂您的意思，娘娘。

克莉奥佩特拉 我在梦中见到了一位皇帝安东尼：

噢，真希望我能再美美地睡这么一觉，

我就能再见见那个人！

道拉培拉 只要这能让您高兴——

克莉奥佩特拉 他的脸庞就像那苍穹玉宇，上面

日月高挂，交替运转，普照着

地球上渺小的凡人 [1]。

道拉培拉　最至尊无上的人儿啊——

克莉奥佩特拉　他叉开双腿横跨 [2] 大洋，他高举手臂冠顶大地；

他声出似天籁，用这天体和鸣般的美妙天乐

跟朋友轻声漫语；可当他震怒发威、

震颤大地时，他就像隆隆的雷鸣。

在他那慷慨仁慈的国度里，没有萧瑟的冬天；

只有收获不尽的硕硕金秋。欢愉

让他凌空而起，俯视尘世，有如海豚

纵身一跃，跳出水面。那些国王和王子们

在他的仆从行列里前拥后簇，一个个

王国和岛屿就像不小心从他口袋里

掉出来的银币。

道拉培拉　克莉奥佩特拉！

克莉奥佩特拉　你好好想想，无论在过去还是在将来，有没有

像我梦见的这样一个人？

道拉培拉　好娘娘，绝对没有。

克莉奥佩特拉　你说的简直是连神明都被欺诳的谎言！

但即使果真有这么一个人，

也超出了梦境的畛域。造化很难

与天马行空的幻想一争高下；但造化

能描摹出这样一个安东尼，那真是她的杰作，

一切幻想都将在这杰作面前黯然失色。

1　原文中的 little 指渺小的人，多数校订者把它修订为 little O，即小圆圈，有多此一举之嫌。

2　令人想起罗得岛巨像(the Colossus of Rhodes)，即横跨港口入口处的太阳神赫利俄斯(Helios)
的巨大铜像。

道拉培拉	听我说，好娘娘：
	您遭遇的不幸与您本人一样有分量，
	您坚忍的毅力与那沉重的打击一拼高下。
	如果您心中的悲痛不曾在我心底
	激荡——但我确实感同身受——活该
	我百事无成。
克莉奥佩特拉	谢谢你，阁下。
	你知道凯撒打算怎样处置我吗?
道拉培拉	我很想让您知道，但我真不情愿跟您说实话。
克莉奥佩特拉	不，请你说吧，阁下。
道拉培拉	虽说他也是个可敬之人——
克莉奥佩特拉	那么，他是要牵着我，在他的凯旋仪式上尽显威严了。
道拉培拉	娘娘，他会这么做的，这我可知道。

喇叭奏花腔。普洛丘里厄斯、凯撒、盖勒斯、梅西纳斯及其他扈从上

众人	让开! 凯撒驾到!
凯撒	哪位是埃及女王?
道拉培拉	这是皇上，娘娘。(克莉奥佩特拉跪地)
凯撒	起来，你不必下跪;
	请起来吧，起来，埃及女王。
克莉奥佩特拉	陛下，这是天神的意旨。
	(她站起) 我必须顺服我的主人，
	我的君王。
凯撒	不要过于自责。
	你施加给我的伤害，虽然在我身上
	留下了疤痕，但我只当这是
	你的无心之失。
克莉奥佩特拉	全世界唯一的主人哪，

我虽不能陈列因由为自己洗脱罪名，
但我承认，我跟所有女人一样，
满身都是那些一向都常让我们
蒙受耻辱的弱点。

凯撒　　　克莉奥佩特拉，你要知道，
对你的过错我会网开一面而不会借势讨伐；
我对你是极仁慈的，如果你肯服从
我的安排，你就会发现自己其实是
因祸得福；可如果你想走安东尼的老路，
让我背上残暴的污名，那你可就是
白白浪费了我的一片好心，亲手
把你的孩子们都送上了黄泉路，
而只要你肯遂了我的意，他们的命
就有救了。我走了。

克莉奥佩特拉　您可以走遍整个世界：这世界都是您的，我们
不过是您缴获的盾牌[1]，您战胜的标帜，您想挂在哪里
就挂在哪里。您看看这个，我仁慈的主上。（向他呈上一纸）

凯撒　　　凡与你克莉奥佩特拉有关的事，我定会留心听取
你本人的主张。

克莉奥佩特拉　这是一份清单，上面详细记下了我所有的钱财、
金银和珠宝，都已经准确地估了价。当然，那些
不值钱的琐碎东西就没算在内。——塞琉克斯呢？

塞琉克斯上

塞琉克斯　　在，娘娘。

克莉奥佩特拉　这是我的司库。让他说说吧，我的主上，

1　被俘敌人的盾牌常被胜利者拿来炫耀。

我没有私自给自己藏匿一样东西，他若有半句虚言，
就是在拿自己的性命开玩笑。实话实说吧，塞琉克斯。

塞琉克斯　娘娘，

我宁愿封上自己的嘴巴，也不愿说违心话，
拿自己的小命开玩笑。

克莉奥佩特拉　你说！我藏什么了？

塞琉克斯　您藏起来的宝贝可抵得上那清单上呈献的一切。

凯撒　不，不要脸红，克莉奥佩特拉：这事干得漂亮，

我很欣赏你的聪明才智。

克莉奥佩特拉　瞧瞧，凯撒！噢，您瞧瞧，

人一旦有了权势，立刻就有人巴结奉迎！
我的人现在就变成您的人啦；如果我们对调位置，
您的人也会变成我的了。这见利忘义的
塞琉克斯简直要把我气疯了。——噢，狗奴才，
跟那用金钱买来的爱情一样靠不住！
（塞琉克斯后退）怎么，你往后退啊？
叫你往后退，我跟你保证：我要追你那双眼睛到天涯海角，
就算它们生了翅膀也没用。
死奴才，无情无义的混蛋，贱狗！
噢，不要脸的东西！

凯撒　好女王，看在我的分上，息怒吧。

克莉奥佩特拉　噢，凯撒，这是多么直击人心的羞辱啊，

承蒙您不吝惜帝王之尊，俯就驾临，
亲自来看望我这个受了命运奚落的可怜人，
可谁曾想我自己的仆人还嫌我身上
背负的所有耻辱不够数，又加上了
他的一份嫉恨。好凯撒，就算我给自己

留了一些女人家的小玩意儿，一些小摆设，
送给泛泛之交的一些不值钱的小物件；
就算我藏了一些较贵重的纪念品，
可那是要赠与莉维娅[1]和屋大维娅，
好求她们在您面前替我说说情的：
难不成这些我还得向一个养在家里的奴才
——禀明吗？天神哪！我已经狠狠地摔下去了，
这狗奴才还要叫我入地狱。——
（对塞琉克斯）请你马上离开这里，
否则，我就要让你看看，我的命运的余烬
仍能燃起灼热的怒火。如果你还是个人，
就应该对我存一点怜悯之心吧。

凯撒	退下，塞琉克斯。　　　　　　　　塞琉克斯下
克莉奥佩特拉	的确呀，我们在位高权重的时候，要为

他人的过错承受指责；在失势落魄的时候，
却要以自己的名义烘托他人的功德，
真是可怜虫啊。

凯撒　　克莉奥佩特拉，
你私藏的宝贝也好，呈贡的小玩意儿也罢，
我都不会列入战利品的清单。这些
还是你的，归你随意处置；你要相信，
我凯撒可不是个商人，绝不会为了一些
商人兜售的东西，跟你讨价还价。所以，高兴点吧：
别让忧思成了你的囚牢。别这样，亲爱的女王，
因为我打算按照你自己的主张

1　莉维娅（Livia）是屋大维·凯撒之妻。

对你作出安排。吃好，睡好：

我对你是满满的关心和同情，

我仍然是你的朋友；好了，再会。

克莉奥佩特拉　我的主人，我的君王啊！

凯撒　别这样，再见吧。　　　　　喇叭奏花腔。凯撒及扈从下

克莉奥佩特拉　他花言巧语，姑娘们，他花言巧语！

就为了不让我干那高尚的事[1]。——

可是，你听我说，查米恩。（对查米恩耳语）

伊拉丝　一切都结束了，好夫人，光明的白昼

一去不复返啦，漫漫的黑夜为我们而降临。

克莉奥佩特拉　快去快回。

我早已吩咐下去，那东西早预备好了。

再去催促一下。

查米恩　娘娘，我这就去。

道拉培拉上

道拉培拉　女王在哪儿？

查米恩　瞧，阁下。　　　　　　　　　　　　　　下

克莉奥佩特拉　道拉培拉！

道拉培拉　娘娘，我曾发誓要为您效力——

我对您的敬爱之心叫我如听从天神的意旨般

服从您的命令——我告诉您一个消息：凯撒

打算经由叙利亚回国，在三天之内，

您和您的儿女都将被先行遣送。

好好想个万全之策吧。我也算是完成了

您的意旨，践行了我许下的诺言了。

---

1 即自杀。

克莉奥佩特拉	道拉培拉， 我永远欠你的人情。
道拉培拉	我很乐意为您效劳。 再会吧，好女王，我得去侍候凯撒了。　　　　　　　　　下
克莉奥佩特拉	再会，谢谢你。——事到如今，伊拉丝，你意下如何？ 你，一个埃及的木偶，要被拉去在罗马游街示众， 我也不例外。那粗俗无比的贱工奴役，系着 油腻腻的围裙，手拿束棒[1]斧锤，将我们 高高举起，供众人观览。他们吃的是猪狗之食， 喷发出一股股令人作呕的气息，将我们重重包围， 令我们不得不将那恶臭一口口地吞下。
伊拉丝	但愿天神保佑，不会如此！
克莉奥佩特拉	不，咱们劫数难逃啦，伊拉丝。放肆无礼的 肩荷束棒的扈从[2]将像抓娼妓一般把我们 抓去；卑劣可鄙的诗人们将唱着荒腔走板的谣曲 吟讽我们。滑稽可笑的喜剧伶人们 将临时拼凑出一台戏，把我们 埃及王宫的飨宴搬上舞台： 安东尼将以醉汉形象踉跄登场， 克莉奥佩特拉将变身尖嗓子的童孩[3]， 威严的女王将成为卖弄风骚的妓娼。
伊拉丝	噢，仁慈的天神哪！

1　原文中的 rules 应指束棒，它是一把周围绑着一束笞棒的刑具，中插战斧，在古罗马是权力和威信的标志。束棒的英文为 fasces，也是"法西斯"一词的出典。——译者附注

2　原文中的 lictors 是指在古罗马，当执法官外出时肩荷象征刑法的束棒在前面开道的扈从。——译者附注

3　在莎士比亚时期的舞台上，克莉奥佩特拉本人由男童伶扮演。

克莉奥佩特拉　不，咱们劫数难逃啦。

伊拉丝　　　我永远都不会看到这一幕，因为我相信我的指甲
　　　　　　　可比我的眼睛更厉害。

克莉奥佩特拉　妙！我们就这样，
　　　　　　　叫他们像傻瓜一样白忙一场，叫他们
　　　　　　　这荒谬可笑的如意算盘落个一场空。——

查米恩上

　　　　　　　喂，查米恩！
　　　　　　　来，姑娘们，把我打扮得像个女王的样子：
　　　　　　　去把我最华贵的锦衣拿来。我要再到那
　　　　　　　锡德纳斯河去与马克·安东尼相会。——伊拉丝，
　　　　　　　你这家伙，去吧。——现在，好查米恩，我们得快点，
　　　　　　　等你把这事儿办完，我就准假，让你一直尽情玩到
　　　　　　　世界的末日。把我的王冠，把所有东西都拿来。

　　　　　　　　　　　　　　　　　　　　　　　　　　　伊拉丝下

幕内喧闹声

　　　　　　　哪儿来的声音？

一侍卫上

侍卫　　　　外面有个乡下佬，
　　　　　　　一定要面见陛下。
　　　　　　　他给您送无花果来了。

克莉奥佩特拉　让他进来。——　　　　　　　　　　　　　侍卫下
　　　　　　　一个如此低贱的人
　　　　　　　竟可以成就一个高贵之举！他给我送自由来了。
　　　　　　　我意已决，我浑身上下不再有
　　　　　　　女人的优柔寡断；现在我从头到脚
　　　　　　　都如大理石般坚定不屈；现在那变幻无常的月亮

不再是主宰我心绪的星球。

侍卫与乡下佬上，后者执一篮

侍卫　　　　我把他带来了。

克莉奥佩特拉　你退下吧，把他留在这儿。——　　　　　　*侍卫下*
　　　　　　　你把那尼罗河的漂亮虫儿[1]带来了吗——
　　　　　　　就是那能要你命却不叫你疼的小可爱?

乡下佬　　　跟您说实话吧，我带是带来了；但为您好，我可不希望
　　　　　　　您去碰这小东西，要给它咬一口，命就没啦[2]；被它咬了的
　　　　　　　人很少有能活命的，没有，一个都没有。

克莉奥佩特拉　你记得有什么人被它咬死了吗?

乡下佬　　　那可多啦，男的女的都有。就在昨天我还听说给咬死了
　　　　　　　一个呢：是个挺守规矩的女人，但还是干了那不规矩的
　　　　　　　事儿[3]，一个女人家可不该干那事儿[4]，当然啦，规规矩矩地
　　　　　　　干倒也没什么。哟，她被那小家伙咬得死过去[5]的情形，
　　　　　　　那痛苦的模样，可惨着呢；不过，话又说回来了，她倒
　　　　　　　是给那虫儿[6]平添了好名声。不过，谁要是全听信他们的
　　　　　　　话，那他们所做的事有一半将不能使他获救。但它可是
　　　　　　　条怪虫，这倒一点不假[7]。

克莉奥佩特拉　你去吧。再会。

乡下佬　　　（放下篮）但愿这条虫儿能让您欢喜。

1　指毒蛇。
2　原文中的 immortal 是 mortal 的误用，即致命的。
3　原文中的 lie 暗指发生性行为。
4　暗指发生性行为。
5　暗指达到性高潮。
6　此处暗指阴茎。
7　原文中的 falliable 是 infallible 的误用，指绝对没错的。

克莉奥佩特拉	再会吧。
乡下佬	您可要记着，您瞧，这坏东西天生会干那事儿[1]。
克莉奥佩特拉	好，好，再会。
乡下佬	您可要当心，这虫儿必须得交给个明白人看管，它可不好惹，毒着哩！
克莉奥佩特拉	你不必担心，我会留心的。
乡下佬	那很好，请您听我的，什么吃的都不用给它喂，它根本就不值得您养着。
克莉奥佩特拉	它会吃[2]了我吗？
乡下佬	您不要以为我是个头脑简单的傻瓜，我也知道就连魔鬼都不吃女人；我知道女人是供天神品味的佳肴——只要魔鬼没有将她烹饪。可是，说实话，就是这些婊子养的魔鬼老爱打天神女人的主意，给他们戴绿帽子，天神造下的每十个女人就有五个给魔鬼糟蹋了。
克莉奥佩特拉	好了，你可以走了。再会。
乡下佬	是，得走了：但愿这条虫儿能让您欢喜。　　　　下

伊拉丝上

克莉奥佩特拉	（伊拉丝捧来王袍、王冠与珠宝）给我王袍，
	替我戴上王冠；我心怀
	永生不朽的渴望。现在埃及的葡萄汁液
	再不会润泽这片嘴唇。（众侍女为她穿戴）快些，快些，
	好伊拉丝！快！我仿佛听到了
	安东尼的召唤；我看见他起身[3]，

1　此处带有性暗示。
2　此处暗指得到性快感。
3　暗指阴茎勃起。

夸赞我的高贵举动[1]。我听见他在嘲笑

凯撒一时的运气，天神先让人

交了好运，日后这幸运会成了

他泼洒愤怒的由头。——我的夫君，我来了[2]！

现在，让我的勇气来证明我不愧是安东尼的妻子吧！

我是火，我是风[3]；我身上的其余元素就随我的肉体

同归于腐朽吧。——你们好了吗？那么来吧，

亲吻我嘴唇上的最后一丝温暖。

（亲吻她们）再会了，善良的查米恩。

伊拉丝，永别了。（伊拉丝倒地而死）

我的嘴唇上也沾了蛇的毒汁吗？就这么倒下了吗？

如果你能这么轻柔地就与生命相离，那死神的一击

也就如情人亲密的一捏，有点疼但很惬意。

你就这么躺着不动了吗？如果你就这么轻飘飘地走了，

你是在告诉世人，最后的告别真是多此一举。

查米恩　厚厚的乌云哪，快化作雨滴洒落下来吧，好让我说，

天神也掉下了伤心泪！

克莉奥佩特拉　这[4]显得我多么卑劣可耻：

要是她先遇见我的卷发的安东尼，

他会向她问起我，把第一吻作为酬谢赠与[5]她，

失去了这一吻，我就失去了天堂啊。——

（对一毒蛇，取蛇置胸前）来，

1　暗指性行为。

2　暗指达到性高潮。

3　火和风是构成万物的四大要素（土、水、火、风）中更具精神性的元素。

4　即伊拉丝的死。

5　原文中的 spend 意为消耗，赠与；此处可能暗指射精。

你这要人命的坏东西，用你的尖牙利齿
把这绞缠不清的生命之结一口咬断了吧；
恶毒的可怜虫儿啊，耍你那小性子吧，赶快。
啊，但愿你能开口说话，让我听听
你把那伟大的凯撒称作一头没有谋略的蠢驴！

查米恩 噢，东方的启明星啊！

克莉奥佩特拉 嘘，嘘！
你没看见我怀里的宝贝儿在吮吸我的乳汁，
要让他的乳娘就这么安然睡去吗？

查米恩 啊，心碎了！啊，心碎了！

克莉奥佩特拉 多么香甜啊，像香膏；多么轻盈啊，像微风；多么温柔啊。——
噢，安东尼！——
好啦，我把你也拿出来吧。（取另一毒蛇置手臂上）
我还有什么可留恋呢——（死）

查米恩 难道还要留在这癫狂的世上吗？好吧，再会吧。——
死神哪，你现在炫耀吧，一位风华绝代的佳人
躺在了你的怀里。——毛茸茸的窗子呀，关上吧，
金光万丈的太阳神福玻斯再也享受不到这样
高贵的眼神的礼遇了！——您的王冠歪了。
让我来帮您戴正，然后我就要去玩了——

侍卫脚步噔噔疾上

侍卫甲 女王呢？

查米恩 轻声些，别把她吵醒了。

侍卫甲 凯撒已经派人来——

查米恩 （置一毒蛇于身上）来得太迟啦。——
啊，快来吧，赶快！你已经开始让我有感觉了。

侍卫甲 快过来，嘿！大事不妙：凯撒受骗啦。

侍卫乙	凯撒派来的道拉培拉就在外面：叫他进来。 —— 一侍卫下
侍卫甲	这是干的什么事，查米恩？这是你们干的好事呀？
查米恩	是干得好呀！出身帝王世家的一代女王 死得其所啦。 啊，将士！（咽气）

道拉培拉上

道拉培拉	这儿出什么事啦？
侍卫乙	都死了。
道拉培拉	凯撒呀，您惧怕的一幕 终究还是上演了：您就快来了， 来看看这可怕的惊心之举，您想方设法地阻止， 可还是让她们如愿了。

凯撒率全体扈从行进上

众人	让开一条路，凯撒驾到！
道拉培拉	啊，主上，您真是未卜先知的预言家： 您担心的事，果真发生了。
凯撒	在最后时刻显示出了最大的勇气， 她猜中了我的用意，带着王室的尊严， 选择了自己的路。她们是怎么死的？ 没看见她们流血呀。
道拉培拉	最后跟她们在一起的是谁？
侍卫甲	一个愚蠢卑贱的乡下佬，他给她送来了无花果： 这就是他的篮子。
凯撒	那么，一定是中毒死的。
侍卫甲	噢，凯撒， 这个查米恩刚才还活着呢。她还站着说话呢。 我看到她在给她死去的女主人

	整理头上的王冠。她站在那里，浑身发抖， 突然就倒下了。
凯撒	噢，多么高贵的柔弱！ 要是她们服了毒，全身一定会浮肿； 可她看上去像是安然入睡了， 仿佛还要用她那坚不可破的迷魅之网 再俘获一个安东尼。
道拉培拉	看这儿，她的胸前 有一处血印，还有点红肿， 手臂上也一样。
侍卫甲	这儿有毒蛇爬过的痕迹，这些无花果叶子上 还有黏液，就跟尼罗河畔的窟穴里毒蛇 所留下的一个样。
凯撒	极有可能， 她就是这么死去的，因为她的侍医 告诉我，她曾探求过无数安乐死的方法。 抬起她的睡床，把她的侍女们抬出陵墓。 她将被安葬在她的安东尼身旁。 这世上再不会有第二座坟墓 环抱着如此赫赫有名的一对情侣： 如此震撼天地的高贵之举，让亲手 造成这事件的人也不由得痛感悲伤； 他们的故事所激发的世人的哀悼同情 足以抵得上他们的征服者所赢得的无上荣光。 我们的军队将以隆重庄严的仪式参加 这场葬礼，然后再回罗马。来，道拉培拉， 安葬的场面一定要尽显皇家的气派。

众兵士抬尸体，全体下

译后记

罗选民

　　2014 年是莎士比亚的 450 周年诞辰。为此，中国的若干出版机构组织重译莎士比亚的剧本。伟大的作品需要不断地重译，无论中外，这已成为共识；而且，重译莎剧也不应是权威的专利。对于重译，不同的人有不同的思量。对于一些无畏的译者，重译莎士比亚的剧本也许是一件痛快淋漓的事情；然而，我却做不到。虽然深谙英汉语言文化的异同，又知晓几位犹如不可逾越的高山般的莎剧翻译大家，但即便是重译，我也感到顾虑重重。这就是我接受北京大学辜振坤教授的邀请，着手翻译《安东尼与克莉奥佩特拉》时的心情的真实写照。在整个翻译过程中，焦虑如影随形。

　　《安东尼与克莉奥佩特拉》可称为莎士比亚的第五大悲剧。戏剧情节横跨欧亚非三大洲，场面恢宏、气势磅礴，同时又不乏温婉细腻、诗情画意。它以罗马和埃及为主线，描摹出一幅栩栩如生的东西方文化冲突与融合的历史画卷。在这部悲剧中，文字游戏、双关语、历史典故、笑话、性描写、风俗习惯、神话传说以及文化意象等俯拾即是，翻译的难度可想而知。如果还沿用原作的诗体来翻译，无疑是难上加难。此时的译者好比是在戴着一副沉重的铁镣跳舞。

　　朱生豪可谓是中国莎剧翻译的第一人。在短暂的一生中，他虽然常常要与疾病作斗争，常常为贫穷所折磨，但他以非凡的毅力伏案翻译，笔耕不辍。他将翻译与研究相结合，用自己的诗人才情和文化修养给译界和文化界留下了璀璨的艺术瑰宝。当然，朱生豪的译本并不是没有瑕疵。朱译文采飞扬，但也有过于雅饰之嫌；译文中存在少数疏漏和误译之处；且在某些地方，译文为了照顾读者和观众而采用了归化策略，却因此牺牲了西方特有的文化意象。

与朱生豪的"神韵"翻译理念不同，梁实秋的翻译旨在"存真"，更注重内容的忠实传达。原文中的猥亵语，他也悉数照译，甚至力求保存原作的标点符号。他还通过注释等手法保留莎剧中的双关语、典故、风俗习惯和文化意象等。文学精英主义的模式让译文充满了学术气息。正因为这样，梁译在句法处理上或多或少显露出了欧化的痕迹，语言略显得滞涩；在传达诗剧的韵律节奏方面也略有欠缺。对此，我有过这样的评议："如果仅把阅读作为消遣，人们可选也可以不选梁实秋的译本。但若要了解西方文化，尽可能透彻地把握莎剧精神，梁实秋的译本是非读不可。"[1]

方平是研究莎士比亚的专家，将自己的一生奉献给了莎士比亚的研究与翻译。方译不同于以往的译本，以诗体的形式呈现在读者面前。但他的努力不是为了案头阅读，而是为了演出。他认为要准确地理解莎士比亚戏剧，译者就应该用戏剧家的眼光去看待莎士比亚。他还通过翻译为莎士比亚研究提出一些创新性观点。但是，由于方译刻意追求戏剧效果，语言略显口语化，原剧语言的张力也因此受到了影响。

本译本参照的是 2007 年推出的皇家版《莎士比亚全集》[2]。在翻译过程中，译者参考了朱生豪、梁实秋和方平的译本，且从中获益良多。译本经译者反复推敲、不断锤炼而成。译文严格对照原文，除原剧本身的散

1　罗选民. 作为教育行为的翻译：早期清华案例研究.《清华大学教育研究》2013 第 5 期，第 19 页。

2　Jonathan Bate & Eric Rasmussen (Eds), 2007. *Willian Shakespeare: Complete Works*, The Royal Shakespeare Company. Pp 2158-2239.

文体外，尽量参照诗体来翻译，突出译文的忠实和顺畅，希望读者既能领略原剧的精髓，又能享受阅读所带来的愉悦。有必要说明的是，译者并没有努力将这部作品打造成一部能够搬上舞台演出的剧本之意图：这有源自实践的考虑，也有来自理论的依据。

我不是剧作家，也不是演员，如果我那样去做，只能得到一个假设的理想译本而已。任何有这样声称的译者，如果其作品没有得到戏剧导演和演员的认同，没有得到舞台演出效果的鉴定，那都是空谈。事实上，莎士比亚的作品在很多情形下是被人们用来阅读的。关于这一点，英国著名学者苏珊·巴斯尼特（Susan Bassnett）有过专门的论述。她曾主张戏剧翻译的可表演性[1]，但在 1985 年后，她开始排斥"可表演性"这一概念，认为文本的文字翻译是一个过程，把文本搬上舞台是另外一个过程，两者不可混淆。她强调剧本的语言符号自身的重要性，质疑动作文本是否存在，是否可以辨别。巴斯尼特提出抛弃"可表演性"的概念，并呼吁译者回归语言翻译。[2] 当然，我并不否认有能够将剧本的方方面面都化入译本的译者，但毕竟那是可遇不可求的事情。

仅仅翻译一部悲剧就如此备受困扰，这让译者深深地感到先前的译家，尤其是莎剧全集的翻译家有多么不易。然而，正因为我只翻译一部莎剧，我才得以在大半年的时间里反复阅读和比较，发现前辈的译本中存在的少许不足，从而保证自己能在他们的前期铺垫上稳步前行。如果重译者做不到这一点，那么他/她的种种努力就毫无价值。

每个译本都是时代的结晶，是个人风格的呈现。后来的重译，也应该有自己的风格。在翻译《安东尼与克莉奥佩特拉》时，我希望自己的

1　Susan Bassnett, 1980. *Translation Studies*, Methuen & Co. Ltd.

2　Susan Bassnett, 1985. "Ways through the labyrinth: Strategies and methods for translating theatre texts", in Thoe Hermans (ed.), *The Manipulation of Literature*, London: Croom Helm Ltd. Pp 98-101.

译文能像朱译一样优雅，非常注意语言的锤炼；我希望自己的译文能如梁译一样忠实，以直译为主并加译注来阐释西方的语言与文化；我希望自己的译文能像方译一样用诗体来呈现原作，并在诗体的形式上做到语言朗朗上口。

请看以下三个译例：

第一幕 第二场

ENOBARBUS This grief is crowned with consolation: your old smock brings forth a new petticoat, and indeed the tears live in an onion that should water this sorrow.

艾诺巴勃斯 祸兮福兮：您的旧衫现在可以换来新衣。洋葱头有的是，熏下的眼泪就可以将这场悲哀浇熄。

当安东尼出走埃及，沉溺于与克莉奥佩特拉的爱情之中时，传来他的妻子在意大利死去的消息，一向与妻子不和的安东尼，此时表现出一种应景的伤感。一旁的艾诺巴勃斯看在眼里，便以诙谐的口吻说出此言，用以调侃安东尼。"祸兮福兮"虽然是归化的翻译，但能够更贴切地体现说话者的意图，原文中的 consolation 与 con（阴道）双关，此处的"福"则暗含"性福"之意。读者可从此译例中得以窥见译者在处理莎士比亚戏剧中随处可见的猥亵语时尽力做到存真的努力。"旧衫现在可以换来新衣"不仅忠实于原文的表达，而且与中国的文化语境非常契合。在四个小句中，三个押了尾韵，分别是"兮、衣、熄"，台词的戏剧效果得以彰显。

第三幕 第七场

ENOBARBUS
Your presence needs must puzzle Antony,
Take from his heart, take from his brain, from's time
What should not then be spared.

艾诺巴勃斯
您一上战场，安东尼就一定会十分犯难；
他的心绪被搅乱，他的大脑被搅浑，
他的战机被搅黄，而这可不能有半点差池。

艾诺巴勃斯是《安东尼与克莉奥佩特拉》中出现的一个全新的角色，头脑聪明，机智幽默，在评判别人时不偏不倚，分析得头头是道，是一个有血有肉、丰满动人的角色。他以上面的一段话来劝阻埃及女王，不让她披挂上阵去参加安东尼与凯撒的海战，可克莉奥佩特拉一意孤行，结果海战的结局印证了艾诺巴勃斯的预言。翻译时，除第四、第六个小句外，其他的小句均押尾韵，如"战场、犯难、搅乱、搅黄"，以此来表现艾诺巴勃斯的睿智与诙谐。

第五幕 第二场

CLEOPATRA
Sir, I will eat no meat, I'll not drink, sir:
If idle talk will once be necessary,
I'll not sleep neither. This mortal house I'll ruin,
Do Caesar what he can. Know, sir, that I
Will not wait pinioned at your master's court,
Nor once be chastised with the sober eye
Of dull Octavia.

克莉奥佩特拉
阁下，我将不吃不喝，阁下：

> 如果瞎扯闲谈能消磨漫漫长夜，我亦将
> 不眠不休。让凯撒尽管使出他的招数，
> 我定要亲手摧毁这血肉之躯。你要知道，阁下，
> 我不会像一只被斩翅折翼的鸟儿般，
> 跪在你的主人庭上等候发落。那愚笨迟钝的
> 屋大维娅也休想用她冰冷的眼神
> 将我羞辱。

　　在莎士比亚的戏剧中克莉奥佩特拉有着与其他女性不同的鲜明形象，尊贵、骄傲、从容、泼辣、尖刻、妩媚都能在她的身上得到完美的体现。所以，译者在翻译克莉奥佩特拉的言语时，一定要充分考虑语境，把握好她的语气和心态，在此基础上，体现原文的风格。上面一节是克莉奥佩特拉在殉情前的心声，表现了她那高贵不可侮的气节，凄美且悲壮，悲剧之崇高于此得到了升华。所以，译者必倾尽全力去再现原作之美，方能打动读者，让译本获得后起的生命。

　　译稿即将付梓，而我的翻译却未到谢幕之时。尽管在翻译过程中，我字斟句酌，广征博引，已付出了最大的努力，尽力做到问心无愧，但我知道，在莎士比亚研究方面，我并不是一个专家；且莎剧本身博大精深，因而我的译本定有考虑不周之处。我希望广大读者和海内外专家提出宝贵的批评意见，以便本人在今后对译本作出修订。